KB000710

청년 도배사 이야기

청년 도배사 이야기

1판 1쇄 펴냄 2021년 7월 5일
1판 7쇄 펴냄 2024년 5월 30일

지은이 배윤슬

주간 김현숙 | **편집** 김주희, 이나연, 황석연(인턴)
디자인 이현정, 전미혜
마케팅 백국현(제작), 문윤기 | **관리** 오유나

펴낸곳 궁리출판 | **펴낸이** 이갑수

등록 1999년 3월 29일 제300-2004-162호
주소 10881 경기도 파주시 회동길 325-12
전화 031-955-9818 | **팩스** 031-955-9848
홈페이지 www.kungree.com
전자우편 kungree@kungree.com
페이스북 /kungreepress | **트위터** @kungreepress
인스타그램 /kungree_press

ISBN 978-89-5820-726-9 03810

Edition L

청년 도배사

이야기

배윤슬 글·사진

**까마득한 벽 앞에서
버티며 성장한 시간들**

궁리
KungRee

도배사로 살아가기 위한
나의 퇴사계획서

◎ 퇴사 후 진로

— 2019년 8월 21일자 퇴사

— 8월 말부터 도배 학원 1개월 과정 수료

　→학원 수료 후 곧바로 구직 성공하면 도배사 일당으로 생활

— 구직 지연되면 아르바이트를 하며 계속 구직

　→ 6개월 후까지 구직 지연되면 다른 복지기관 재취업 시도

◎ 도배사로 어떻게 살아갈 것인가

— 도배사로 최소 2년 생활

　→도배사가 수입도 괜찮고 체력적으로 문제없으면 전업

— 도배사 일이 체력적으로 무리라고 판단될 경우 다른 복지기

　관 재취업 시도

◎ 가족들에게 양해를 구하는 사항

— 퇴사에 대한 이해

— 도배사에 대한 이해

나는 도배가 좋다

'그런 일을 하다니 대단하네.'

'그런 일을 하기에는 좀 아깝지 않아?'

'아직도 그 일 계속하고 있니?'

멀쩡하게 다니던 회사를 갑자기 그만두고 도전한 '도배
사'라는 나의 새로운 직업은 사람들에게 '그런 일'로 더 많이
불렸다. 최근에는 부모님이 지인으로부터 '따님이 그런 일 하
는 사람하고 눈 맞아서 결혼까지 하면 어떻게 하시게요?'라는
말도 들었다고 하셨다. 내가 이미 '그런 일'을 하고 있는데 같
은 일 하는 사람을 만나 결혼하는 것을 왜 누군가가 우려하는
것이며, 근본적으로 내가 하는 일은 왜 이렇게 어렵고 조심스
럽게 언급되는지 의문이 든다.

'직업에 귀천이 있느냐?'고 물어본다면 아마 사람들의 대답은 분분할 것이다. '돈을 많이 버는 직업이 귀한 직업이다', '공부를 열심히 하지 않으면 천한 직업을 얻게 된다'라고 주장하며 당연히 귀천이 있다고 답하는 사람들이 있을 것이다. 반면 '직업의 귀천을 나누는 사회가 잘못되었으며 돈을 벌기 위해 뛰어든 직업에는 귀천이 없다', '새로운 직업들이 계속해서 생겨나고 그 직업이 돈을 더 많이 벌기도 하는 세상에서 어떻게 귀천을 나누겠냐'는 의견도 있을 것이다. 나 스스로도 직업에 귀천이 있을까 오랜 시간 고민해보았지만 쉽게 답이 내려지지 않는다. 하지만 도배를 시작한 이후로 한 가지 확실해진 것은, 사람들이 아무렇지도 않게 타인의 직업에 어떠한 평가를 내리고 그것을 은연중에 내비친다는 것이다.

나는 충동적이거나 용기 있지는 않지만 한번 해보기로 마음먹은 것은 꼭 해야 직성이 풀리는 성격이다. 그래서 항상 크고 작은 도전을 하고는 한다. 고등학생 때에는 노래를 잘 못해도 중창 동아리에 들어갔고, 대학교 신입생 때에는 나보다 나이가 많은 수십 명의 팀원들을 이끄는 봉사활동 리더로 나서기도 했다. 외국어에 자신이 없어도 해외로 탐방을 가서 여러 기관의 담당자들을 인터뷰하기도 했고, 자취가 해보고 싶었던 때에는 목표와 계획이 담긴 '자취 계획서'를 작성해 부모님을 설득했다. 이는 모두 어떤 거창한 목적을 가지고 했다기보다는 그 순간 해보고 싶은 일이었기에 도전했던 것들이다. 많은 사람들이 쉽게 선택하지 않는 직업을 고른 것 역시 이런 맥락에서였다. 도배라는 것이 내게는 '한번쯤은 해보고 싶었던 일'인 셈이다.

도배가 어떤 일인지, 어떻게 진행되는 작업인지 조금도 알지 못할 때부터 '한번 해보고 싶다'는 생각이 있었고, 직장을 그만두면서 하고 싶은 일은 기술직이었다. 철없던 어린 시절의 로망이건 혹은 직장생활의 도피처이건 상관없이, 도전해보고 싶던 일을 하고 있는 현재 그 선택에 만족한다. 일이 내게 아주 잘 맞아서도 아니고 돈을 많이 벌어서도 아니다. 다만 내가 해보고 싶은 일에 뛰어들었으며 어려운 상황을 버텨내고 점점 기술자가 되어간다는 사실이 좋을 뿐이다. 싫증을 잘 내고 다양한 시도를 즐기기 때문에 언젠가는 도배를 그만두고 다른 직업을 찾을 수도 있다. 그러나 아마 그렇게 된다 하더라도 내가 내 인생에서 도배라는 일에 도전하고 그 직업에 몸담았다는 사실에 대해서는 조금도 후회하지 않을 것이다. 오히려 내 인생에서 성장과 도전의 시기로 기억될 것이다.

내가 도배를 선택해 계속 하고 있는 또 다른 이유는 아마도 자기중심적인 성격 때문일 것이다. 조금은 이기적일 수도 있지만 나는 내 행복을 다른 어떤 것보다 더 중요하게 생각한다. 타인을 위해 내 자신을 지나치게 희생해야 하거나 내가 불행해지는 선택은 잘 하지 않으려 한다. 직업을 택할 때에도 역시 가족들과 주변 사람들을 만족시킬 수 있는 직업보다 내가 하고 싶은 일을 골랐다. 만약 사회적으로 귀하게 여겨지고 부러움을 사는 직업을 택했다 할지라도 그 직장 내에서 내가 귀하게 여김 받지 못하고 만족하지 못한다면 결국에는 버티지 못했을 것이다. 남에게 보이는 모습보다 내 스스로가 편하고 행복한 것이 훨씬 중요하기 때문이다. 인생에서 많은 비중을 차지하는 직업 활동이 고작 잠깐 만날 타인에게 좋게 보여지는 것이 얼마나 큰 의미가 있을까 생각한다. 내 스스로가 만족하고 행복한 것을 우선시하기로 했다. 그렇기에 내 선택에는 조금도 후회가 없다.

지저분한 작업복을 입고 몸을 쓰며 일하는 도배사라는 직업이 누군가에게는 한없이 보잘것없는 직업일 것이다. 하지만 나에게 있어서 도배는 꼭 해보고 싶었던 일이고 내가 현재 이 일에 만족하고 있다면 내 직업을 하찮게 여길 이유도,

다른 직업을 택할 이유도 전혀 없다. 그렇기에 특별한 다른 이유가 생기기 전까지는 내가 택한 도배라는 일을 계속 해나갈 것이며 지금까지와 마찬가지로 그 선택에는 다른 누군가의 부정적 시선이 큰 영향을 미치지 못할 것이다.

차례

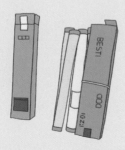

Part 1

×

새로운 문턱 앞에서

어려서부터 나는 무언가 결정을 내릴 때 시간이 오래 걸리는 편이었다. 그때 나는 어떤 일에 대해 판단 내리는 것이 무척 어려웠고 지금도 마찬가지다. 최대한 많은 정보를 바탕으로 결정해야 마음이 편하지만 그 역시 완벽한 정보를 가지고 하는 것은 아니기에 항상 불안해한다. 그 선택이 설령 잘못되었다 할지라도 나 혼자만의 일이라면 스스로 수습하고 책임지면 되지만 다른 누군가에게까지 영향을 미친다고 생각하면 더욱 난감해진다.

의학드라마를 즐겨보는 내가 항상 궁금해하며 동시에 존경스럽게 생각하는 것은, 의사들이 그 어려운 의학용어와 병명 등을 외우고 공부하는 것이 아니라 아주 짧은 순간에 진단을 내리고 치료 방법을 결정하는 빠른 판단력이다. 그 한순간의 선택으로 누군가의 생사가 왔다 갔다 하는데 말이다. 나의 판단에 의하여 누군가의 삶이 변하는 것, 그것만큼 어렵고 두려운 것은 없을 것이다.

생각해보면 사회적으로 높이 평가 받는 직업들은 대부분 판단과 행동으로 누군가의 삶에 깊이 관여해야 하는 일들이다. 의사, 변호사, 공무원, 교사 등 당장 떠오르는 직업들만 해도 모두 그렇다. 공부를 하고 시험을 봐서 좁은 문으로 들어가는 것에는 자신 있었지만, 그로 인해 얻게 될 직업이 타인을 만나 그 삶을 들여다보고 영향을 끼치는 일이라면 되도록 하고 싶지 않았다. 특히 그 영향이 부정적일 수 있다면 말이다.

내가 처음 직업으로 택했던 '사회복지사' 역시 누군가의 삶에 개입하는 일 아니냐고 의문을 제기할 수 있다. 하지만 직접 업무를 해보기 전까지는, 필요한 이에게 경제적·물질적·정서적 지원을 하는 일이라고 생각했기 때문에 그 영향이 긍정적이기만 할 줄 알았다. 많고 많은 사회복지 분야 중 노인복지를 선택한 이유도 지원을 하는 대상이 어리면 어릴수록 사회복지사가 그의 삶에 미치게 될 영향이 클 것이라 생각했고, 이미 꽤 오랜 삶을 살아온 대상이라면 조금은 괜찮지 않을까 생각했던 것이다. 하지만 사회복지사로 일하면서 누군가에게 부정적인 영향을 끼칠 수 있다는 것을 알게 되면서, 그것도 결국 직장을 그만두는 이유 중 하나가 되었다.

처음으로 취직한 노인복지관에서 맡은 '노인일자리' 업무는 재미있고 보람찼다. 어르신들을 만나 응대하고 일자리를 소개해드리고, 잘 적응할 수 있도록 지원하고, 어르신들이 일하는 장소의 직원들과 어르신들의 관계를 조율하는 일 모두 흥미롭고 적성에 잘 맞았다. 그러나 '복지 서비스'의 특성상 자원(내가 맡은 일에서는 '일자리'를 의미)은 한정적이고 수요(일자리를 희망하는 어르신들)는 많기에 그 대상을 선별해내야만 했으나 이 사업을 진행하는 '한국노인인력개발원'에서 정해준 선별 기준은 실제 어르신들의 간절함과 필요성에 비례하지 않았다. 당장 그 일자리가 아니면 소득이 없어지는 절박한 상황에 놓인 어르신은 탈락하고, 반면 비교적 가볍게 용돈벌이로 하는 어르신이 참여하는 경우가 많았다. 선별 기준에 쉽게 공감하기 어려웠고 기준에 따라 서비스에서 제외되는 대상자들을 바라보는 상황이 힘들었다. 그리고 일선에서 이런 불합리를 직접 겪는 사회복지사로서 할 수 있는 일은 어르신들께 사과를 드리고 이유를 설명하는 것 외에는 없었다.

나의 이상과는 달랐던 사회복지 업무, 조직 생활의 불합리 등의 이유로 퇴사를 마음먹은 후 다양한 직업을 찾아보았다. 새로운 분야를 경험하는 것 자체는 두렵지 않았다. 하지만 이번에는 내가 정말 '직업'으로 삼을 수 있는 분야가 무엇일까 신중하게 고민했다. 내가 나 스스로를 혹은 가족들을 먹여살릴 수 있는 일, 내가 오래 버틸 수 있는 일을 찾기 위해 노력했다. 조직 생활에 취약한 내가 살아남을 수 있으면서도 매 순간 마음을 졸이지 않아도 되는 일이 무엇일까 물색했다.

그렇다. 도배는 내가 잘 할 수 있는 일이라고 보기는 어렵다. 내가 하고 싶지 않은, 할 수 없는 일을 피하다 보니 시작하게 된 것이다. 여러 직업군과 회사를 검색하며 내가 그곳에서 일을 시작했을 때 놓이게 될 최악의 상황들을 상상했다. 지금 당장은 특정 업무나 보수, 업무 환경 등이 매력적으로 보일지라도 금방 지쳐 나가떨어질 만한 곳들은 제외했다. 그렇게 찾다보니 남은 후보군은 많지 않았다. 조직 생활이나 힘들게 소비자를 상대해야 하는 일이 아닌 것, 누군가의 삶에 깊이 관여하지 않는 일, 순발력 있게 판단을 내리지 않아도 되는 일, 그리고 기술직 중 내가 견딜 수 있는 일. 그렇게 찾은 일이 바로 도배 일이었다.

도전보다는 도피처로 선택한 도배 일은 생각보다 내게

잘 맞았다. 도배를 하면서 내가 할 수 있는 가장 큰 실수는 고작 도배 하자를 만드는 일이다. 도배지가 찢어지면 새로 뽑아 붙이면 되고 일을 잘 못하면 돈을 덜 받으면 되는 일이다. 누군가에게 미칠 수 있는 가장 안 좋은 영향 역시 도배가 예쁘게 되지 않아 소비자가 불만을 가지는 것, 그 정도이다. 그마저도 수습이 가능한 일이다. 나의 한순간의 선택이나 실수로 인해 누군가가 다치거나 경제적인 타격을 입을 일이 없는 작업인 것이다. 누군가에게 커다란 피해를 줄까 걱정하지 않아도 되었다. 그리고 만약 신축 아파트 건설 현장에서만 도배를 하게 된다면 소비자를 직접 마주하는 일도 거의 없기에 나에게 아주 딱이었다. 나에게 아무 말도 건네지 않는 벽지를 바라보며 시간과의 싸움을 하면 되는 일, 비교적 마음이 편한 일이다. 아주 좋은 도피처를 찾았다.

2019년 10월 3일부터 도배를 시작했다. 10월 1일에 소장님과 간단한 면접을 한 후 10월 3일부터 출근하기로 했다. 아파트 건설 현장, 소위 말하는 공사판에는 생전 처음 발을 디뎠는데 처음 보는 광경이 신기했다. 첫날에는 우선 안전 교육을 간단하게 받고 신규자 등록 절차를 거친다. 그리고 내가 속한 팀원들에게 인사를 하고 일에 투입되었다. 어색하고 두려웠다. 처음부터 반장님과 함께 천장을 붙였다. 속도도 느리고 칼질 실수도 아주 많이 했다.

그렇게 4일 동안은 천장을 붙였고 그 후 또 다른 4일 동안은 텍스(초배지)를 붙였다. 천장을 붙이는 것에 조금 적응이 되려 했는데 텍스를 붙이려니 어려웠다. 초배지가 자꾸 울고 잔손도 많이 가고 속도도 너무 느렸다. 그리고 그

후에는 반장님이 벽정배를 하실 때 하단을 쓸었는데 텍스치는 것보다 더 어려웠다. 초보자는 처음부터 벽지를 붙이기 어렵기 때문에 기술자가 벽지의 윗부분을 붙이면 아랫부분을 정리하며 일을 배워간다. 자세도 어색하고 칼질을 하며 실수도 훨씬 더 많이 했다. 좌절감만 더해지는 시간이었다. 반장님도 점점 답답해하는 것이 느껴지고 실수를 할수록 자괴감이 들었다.

잘못 했을 때마다 반장님을 불러서 수정해달라고 부탁하는 것도 어려웠다. '아직 열흘밖에 안 됐는데 어떻게 잘하겠어, 점점 늘겠지'라며 스스로 위안을 하고 있긴 하지만, 그러면서도 조급한 마음이 자꾸만 든다. 언제 실력이 늘지? 내가 할 수 있을까? 하면 될까? 나에게 재능이 아예 없는 것은 아닐까? 앞으로 계속 이 일을 할 수 있을까? 난 평균만큼은 하고 있을까? 그 이하인 것은 아닐까? 이런 질문들이 머릿속을 맴돈다. 그러나 일단은 어제보다 오늘이 더 나았다는 생각으로 버텨보려고 한다. 언제쯤 마음 편하게 일할 수 있을까…

몸도 많이 아프다. 천장을 할 때는 어깨와 목이, 텍스와 하단을 할 때는 무릎이 아프다. 작업화를 신으니까 엄지

새 건설 현장 첫날은 안전교육을 간단하게 받고 ──────
신규자 등록 절차를 거친다.

발톱도 빠지려고 하고, 모든 동작에 힘이 많이 들어가니까 오른손 마디마디가 아프다. 양치하려고 칫솔을 잡는 것도 어렵다. 일요일에 하루 쉬면 어느 정도 회복되기는 하지만 100퍼센트 회복되지는 않은 채 다시 월요일에 출근을 한다. 몸이 정말 많이 상할 일이라는 생각이 든다.

반면 정신적인 스트레스는 비교적 적다. 내가 아직 잘 못하니까 앞으로 더 잘 해야겠다는 부담감만 있을 뿐이다. 관계에 대한 스트레스, 성과에 대한 스트레스는 없다. 관계는 나쁘지만 않으면 괜찮다. 기본적인 예의만 갖추면 된다. 내 실력과 관련되지 않은 부분에서는 눈치 보지 않아도 된다. 그런 것들은 참 좋다.

도배를 처음 시작할 때 아파트 건설 현장에서 일을 한다는 것이 무척 새로운 경험이라 조금씩 메모를 해두고는 했는데 그 메모들을 다시 보니 당시의 낯설고 힘들었던 감정이 생생하게 느껴진다.

지금과는 여러모로 다른 모습이다. 아프고 힘들고 자괴감까지 느끼던 내 모습이 2년 만에 참 많이 바뀌었다는 생각이 든다. (나만의 착각인지도 모르지만) 내 실수를 전부 해결해

주던 반장님보다 실력이 훌쩍 늘었고, 몸이 아픈 것이 꽤 익숙해졌으며 내 실력을 키우는 일 외에도 더 많은 것들을 생각하고 고민하는 지금이다. 처음과는 많이 다른 내 모습이 흥미롭기도 하고 어려운 시간들을 버텨낸 내가 참 대견하기도 하다. 처음에는 기술자가 되어보자는 생각도, 1년만 버텨보자는 생각도 아니었다. 처음 목표는 단 일주일이었다. 일주일만 해보자, 그 다음에는 한 달만 채워서 월급이란 걸 받아보자, 그 다음에는 3개월을 버텨 일당 오르는 재미까지만 느껴보자. 그렇게 아주 조금씩 목표를 늘려가며 지금까지 버텨왔다. 지금 쓰고 있는 이 글 역시 시간이 지난 후에 다시 읽어보면 많이 달라져 있을 것이다. 느리게, 항상 똑같이 흘러가는 것만 같은 시간 속에서도 성장하고 변화해가는 모습이 신기하다.

SNS에 도배와 관련된 일상 기록을 올리면 종종 도배를 시작하고 싶은 사람들, 그중에서도 특히 젊은 여성들이 개인적으로 메시지를 보낼 때가 있다. 도배를 시작하고 싶은데, 지금 학원에 다니고 있는데 등으로 시작하며 문의를 해오고는 한다. 그럴 때에는 아직 나도 모르는 것들이 많지만 처음 도배를 시작하며 두려웠던 마음을 떠올리며 최대한 상세하게 답변을 해주려 노력한다.

사람들마다 어떤 일을 할 때 어려움을 느끼는 지점이 있다. 나에게 그것은 '시작하는 것'이다. 나에게 모든 일은 처음이 너무 어렵고 또 두렵다. 내가 알지 못하는 무언가를 도전한다는 것에 겁을 아주 많이 낸다. 나 역시도 공사 현장이라는 곳이 생소한 곳이었기에 모든 장소, 사람, 과정이 두려웠다. 도배를 시작하고 싶거나 혹은 현재 하는 일과는 아주 많이 다른 일을 시도하는 것이 어려운 사람들이 분명 많을 텐데, 그 첫걸음을 내딛는 것에 조금이나마 나의 경험이 도움이 될 수 있었으면 좋겠다.

  도배 일을 하고 있지만 일터가 아파트 건설 현장이다 보니 스스로를 '노가다'라고 표현하는 도배사들이 많다. 내게도 '아직 노가다가 덜 되었네'라거나 '노가다는 원래 그렇게 해야 하는 거야'라는 등의 말을 하기도 한다. 건설 현장에서 일하는 노동자들은 모두 각각의 공정에서 맡은 책임을 다하고 있으며, 기술이 필요한 분야에서는 엄연히 기술자인 사람들도 있다. 아파트를 만드는 데 필요한 인력들을 왜 전부 '노가다'라며 낮추어 부르는지, 왜 나는 도배사이기 전에 노가다로 불려야 하는지, 노가다는 왜 노가다일 수밖에 없는지 많이 생각하게 된다. 노가다는 일본어 표현이라며 막노동꾼이라 부르는 사람도 있지만 결국 '이것저것 가리지 아니하고 닥치는 대로 하는 노동'이라는 사전 속 그 의미 자체는 유사하다.

제일 처음으로 생각해본, 노가다가 노가다일 수밖에 없는 이유는 '진입 장벽'이다. 진입 장벽의 높이에 따라 어느 정도 직업의 귀천이 형성된다는 생각이 들었다. 예를 들어, 사회적으로 인정받는 직업인 의사는 진입 장벽 자체가 아주 높다. 치열한 경쟁률을 뚫고 의대에 가야 하고 긴 교육 과정을 거치고 나서도 또다시 국가고시에 합격해야 한다. 원하는 진료과에 가기 위해서는 시험에서도 아주 좋은 성적을 받아야 한다고 한다. 물론 생명을 다룬다는 것, 전문 기술과 지식을 필요로 한다는 것 등 의사라는 직업이 인정받는 다른 이유들도 많겠지만, 높은 진입 장벽 역시 한몫하지 않을까?

반면 노가다는 진입 장벽이 거의 없다고 할 수 있다. 어떤 자격증이나 나이, 성별 등의 조건 없이 누구나 시도는 해볼 수 있기 때문이다. 거기서 버텨내는 것은 전혀 다른 문제이긴 하지만 말이다. 이처럼 낮은 진입 장벽으로 인해 사람들이 노가다를 정말 삶의 끝자락에서 선택하는 직업으로 생각하는 것이 아닐까 싶다. 혹은 아예 내가 선택할 직업으로 염두에 두지도 않는다. 언제든지 특별한 조건 없이도 시작할 수 있기 때문에 최후의 선택으로 남겨놓는 것이다. 내가 하고 싶은 일이나 진입 장벽이 높은 다른 일들에 도전해보고 그것에 실패해도 그 이후에 언제나 도전할 수 있으니 말이다.

또 다른 이유는 노동자들 스스로의 태도이다. 그들 스스로가 '노가다니까'라는 말로 합리화하며 스스로의 가치를 낮추는 일을 꽤나 많이 하고 있다. 대표적으로 위생 부분을 들수 있다. 현장 주변 길거리에서 담배를 피우며 침을 뱉는 사람들이 정말 많고, 심지어 아무 곳에나 거리낌 없이 소변을 보는 노동자들도 많다. 위생적인 태도를 갖추는 것은 개인의 선택 문제인데, 이런 부분을 '노가다니까'로 덮어버리고 있다. 위생적인 부분 이외에도 사회적으로 민감한 여러 이슈들에 둔감하게 반응하며 '노가다는 원래 이래'라는 말로 넘어가곤 한다. 일하는 노동자들 스스로가 사회적인 흐름을 알고 변화 속도에 맞추어 가야 어떠한 평가를 받더라도 조금은 당당할 수 있지 않을까 생각한다.

건설 현장에서 이루어지는 일 자체의 체계가 약하다는 것 역시 '노가다'는 어쩔 수 없다는 인식을 만드는 요인 중 하나이다. 나 역시도 체계적이지 않은 일 처리를 보며 의아할 때가 있다. 보통 아파트 건설 현장의 일들은 하청의 하청의 하청의 하청에 의해 이루어진다. 내가 아는 도배 작업만 하더라도 건설사에서 장식회사로, 다시 도배 소장에게로, 그리고 마지

—— 도배 시작 전 우마(발판) 높이부터 조절한다.

막으로는 동띄기에게 일이 넘어간다. 동띄기는 한 동을 맡아서 작업하는 작업자를 의미한다. '도배 소장'은 여러 동띄기에게 한 동씩 일을 나누어주는 방법으로 일을 진행한다. 도배 소장이 동띄기에게 일을 넘겨주는 방식은 '구두 계약'을 통해서이다. 어떠한 계약서나 서류작업 없이 말이다. 수직 단계가 많아 의사 전달이 원활하게 되지 않으며 계약서 없이 진행된 일에는 무책임하게 행동하는 사람들도 많다. 더 좋은 일이 잡히면 맡은 동의 도배 작업을 완료하지도 않고 나가버리는 동띄기들도 종종 있지만, 위약금을 물거나 강제로 일을 시킬 방법은 없다. 도배 소장은 한 현장의 도배 작업 전체를 총괄하는 담당자이며, 여러 도배팀에게 일을 분배하여 주고 관리 감독한다. 도배 소장이 자신의 팀을 따로 운영하기도 하는데 소장이 운영하는 팀을 '직영팀'이라고 부른다. 현재 도배 소장 직영팀에 속해 있는 나는 무책임하게 나가버린 사람들이 끝마치지 못한 일을 마무리해야 할 때가 있는데 그럴 때에는 나도 모르게 '이래서 노가다는 어쩔 수 없나보다'는 말이 나오기도 한다.

또한 여러 공정들이 유기적으로 엮여 집이 완성되는데 그 공정들 간의 소통 역시 원활하게 이루어지지 않을 때가 많다. 한 예로, 몰딩과 걸레받이 시공이 완성되어야 도배 작업이 이루어질 수 있으나 어떤 이유로 되어 있지 않은 세대가 있다. 그럴 경우 작업자들은 자신이 속한 작업의 소장을 통해 소통을 해야만 한다. 이야기를 해놓고도 언제 그 작업이 완료되는지 알 수 없는 채로 한없이 기다려야 한다. 여러 이유로 체계가 약하기 때문에 작업자들도 큰 그림을 그려가며 일하기보다는 눈앞에 닥친 일들을 처리하기 급급하다. 연간 계획을 세우고 그 계획에 따라 업무를 진행하는 일반 회사나 기관과 다른 부분이다.

내가 스스로를 '노가다'라고 인식하거나 부르다 보면 남들도 그렇게 부르기 쉽다. 하지만 나는 건설 현장에서 일하고 있는 '도배사'이며 한 명의 기술자로 인정받기를 원한다. 그렇기에 나부터도 '노가다' 혹은 '막노동'이라는 말을 되도록 쓰지 않으려 노력한다. 몸을 쓰며 일하는 사람들이 전부 '노가다'로 분류되는 것이 아니라, 목수, 도배사, 타일공, 도장공 등 하나의 '직업'으로 인식되는 날이 오기를 바라면서 말이다.

많은 도배사들을 만나온 소장님으로부터 들은 이야기에 의하면, 예전에 도배를 시작한 여성들은 대부분 혼자 생계를 책임져야 하는 가장이었다고 한다. 그래서 그들은 다른 누구보다 악착같이 일하며 기술을 배웠다고 한다. 과거에는 기술자들이 자신의 기술을 잘 가르쳐주지 않으려 했기 때문에 작업하고 있는 곳에 슬그머니 들어가 지켜보며 어깨너머로 배우기도 하고 회식자리에 열심히 참석하여 기술을 물어보기도 하며 어렵게 배웠다는 이야기도 들었다. 그러면서 항상 덧붙이시는 말이 있는데, 그들과 비교하면 너희들(나와 함께 일하는 동갑내기 동료)은 너무 절실함이 없다는 것이다. 그 말은 어쩌면 사실이다. 나는 어떻게든 빨리 기술자가 되어야만 한다는 악착같은 마음으로 도배를 하고 있는 것은 아니다.

결혼도 안 했고 부양할 가족이 있는 상황도 아니며, 마음만 먹으면 다른 직업을 선택할 수 있기에 그렇다는 것이 소장님의 주장이다. 그러나 나는 책임감의 문제이기보다는 직업과 직장에 대한 생각과 태도의 차이라고 생각한다.

회사를 다닐 때부터 회사가 직원에게 왜 충성심을 요구하는지 의문을 품고는 했다. 노동을 대가로 급여를 받는 '계약 관계'일 뿐, 그 계약 내용에 '충성심'은 없는데 말이다. 받은 만큼 일하거나 혹은 일한 만큼 받거나, 딱 그 정도라고 생각하는 '요즘 애들'이다. 상사가 부하직원에게 개인 택배 발송이나 개인 약속에 운전을 요구하는 일 등 사적인 심부름을 시키는 것을 이해하지 못했고, 급한 업무 중에도 상사의 요구를 거절하지 못하고 시키는 대로 하는 동료들도 이해하지 못했다. 나는 회사에 필요한 일만 열심히 했다. 일의 성과는 꽤나 인정받았지만 일보다는 부수적인, 그런 것들이 중요했다. 내가 최고 관리자에게 들은 말은 '예로부터 꼿꼿한 사람은 단명하는 법이다'였다. 그리고 나는 회사에서 단명(2년 만에 퇴사)하고 말았다.

사실 회사를 다니던 때 가졌던 나의 그 태도는 도배를 하는 지금도 크게 다르지 않다. 오히려 도배를 하면서는 그런 마음을 가지기가 더 쉽다. 도배 작업은 내가 한 일을 돈으로

성실하고 열심히 하다보면 돈도 실력도 따라오리라는 ———
마음으로 오늘도 도배를 한다.

환산하는 것이 회사에서 낸 성과를 비용으로 계산하는 것보다 훨씬 단순하기 때문이다. 도배의 경우는 '단가(시기에 따라 달라짐)×평수'로 작업에 대한 비용을 계산한다. 내가 오늘 한 일이 얼마만큼의 일인지를 바로 돈으로 환산할 수 있다. 다시 말해 내가 오늘 한 일의 금전적인 가치와 실제 받는 일당의 차이를 계산하는 것이 아주 쉽다.

그렇다면 나의 마음은 그렇다. 내가 오늘 밥값을 했다면, 그리고 나에게 돈을 주는 소장님에게도 어느 정도 돈을 벌게 해드렸다면 그것으로 내 할 일은 했다. 그리고 그 과정에서 나태하지 않았고 성실하게 일했기에 내 기술과 실력도 늘고 있으리라고 생각할 뿐이다. 어떻게든 다른 사람들보다 앞서 나가야겠다거나 목표액을 달성해야겠다는 마음은 없다. 하루 하루 성실하고 열심히 하다보면 돈도 실력도 따라오리라는 마음이다. 이런 태도를 비판적으로 보거나 혹은 비난까지 하는 사람이 있을 지도 모른다. 젊은 사람이 어떻게 그렇게 의욕이 없냐며, 이왕 시작한 일이라면 목표를 크게 가지라는 말도 듣지만 그렇게 하고 싶지는 않다.

과거의 도배 현장 이야기를 듣다보면 동료 간의 경쟁도 꽤 치열했던 것 같다. 일을 시키고 돈을 주는 도배 소장, 즉 오야지가 일부러 경쟁을 붙이기도 하고 작업자들 스스로 경쟁하는 문화를 만들었던 것 같다. 경쟁이 심할 때에는 상대방에게 내 작업 속도를 알리지 않기 위해 발소리가 나지 않도록 살금살금 걸었다고 한다. 그러나 나는 함께 일하는 동갑내기 동료나 기술자인 반장님에 대한 경쟁심도 없고 비교하지도 않는다. 동갑내기 동료에게 물었을 때 그도 마찬가지라는 답변을 들었다. 굳이 우리끼리 경쟁해서 사이가 나빠지거나 스트레스를 받고 싶지 않다는 것이다. 각자 노력하여 실력을 키우고 좋은 방법이 있다면 공유하고 협력하면 되는 것이지 경쟁을 통해 성장해야 하는 건 아니라는 게 우리 생각이다.

급여나 성과와 관련된 것 외에도, 나보다 윗세대인 반장님들과는 생각이 다른 부분이 많다. 어느 직장이나 마찬가지겠지만 도배팀 내에서도 역시 선배들, 반장님들로부터 '나 때는 말이야'를 참 많이 듣게 된다. 대부분 이 이야기의 결론은 '우리 때는 훨씬 힘들게 일했고, 너희는 지금 아주 편하게 일하는 거야! 그러니 운 좋은 줄 알아!'이다. 유독 '나 때는 말이야'를 많이 듣는다는 것은 그만큼 많은 변화와 발전이 있었다는 뜻이라 생각한다. 직접 경험해보지 않은 10년, 20년, 30년 전의 도배 문화는 어떠했고 어떻게 발전해왔는지를 간접적

으로 이해하며 앞으로는 어떻게 발전해가면 좋을지 고민해볼
수 있게 하는 말이기에 열심히 새겨들으려 한다.

　　과거와 비교했을 때 가장 많이 변화한 부분 중 하나는
초보자에게 기술을 가르치는 방법이다. 과거에는 초보자가
사수 없이 혼자서 벽지를 붙이기까지 지금보다 훨씬 오랜 시
간이 걸렸다고 한다. 1, 2년 넘게 보조일을 해도 벽지를 붙일
기회조차 주지 않는 경우도 있었고 오랜 시간이 지난 후에야
겨우 귀동냥, 눈동냥으로 기술을 배웠다고 한다. 하지만 요즘
에는 초보자들에게 빨리 기술을 가르쳐주는 경우가 많아졌
다. 오히려 빠르게 기술자로 키우는 것이 오야지에게도 경제
적으로 더 큰 이익이 되기 때문이다. 특히나 내가 속한 팀은
신입들을 빠르게 성장시켜 기술자로 만드는 분위기가 강하
다. 나와 동갑내기 동료 모두 6개월이 채 되지 않았을 때부터
혼자 방 하나씩을 맡아서 붙이는 기회를 얻었을 정도였다.

　　이런 팀 분위기를 보며 '예전 같았으면 너희가 그렇게
빨리 우마를 탈 수 있었을 것 같아?'라며 부정적으로 보는 시
선들이 많이 있다. 우마를 탄다(=작업용 발판에 올라간다)는 의
미는 혼자서 벽지를 붙인다는 뜻으로 해석된다. 그들이 그런
말을 하는 마음을 어느 정도는 이해한다. 고달프고 힘들고 서

럽게 일하며 벽지 한번 붙여보기 어려웠는데, '요즘 애들'은 편하고 쉽게 일하는 것 같으니 말이다. 하지만 그런 선배님들의 과거 이야기나 효과적이지 않던 과거의 문화를 발전 없이 답습하려고만 하는 일부 반장님들의 모습은 긍정적으로 받아들이기 어렵다. 효율적인 방법을 놔두고 과거 힘들었던 때만을 생각하며 기술을 가르쳐주기 싫어하는 모습 말이다. 그렇기에 때로 나는 '우리가 정말 예전과는 다르게 편하게 일하고 있구나'라고 생각하기보다는 오히려 과거에는 비합리적으로 일을 시켰다는 생각을 하며 '우리는 어떻게 하면 더 편하고 효율적으로 시간을 단축하여 일할 수 있을까'를 고민한다.

당연히 선배님들의 경험과 노하우를 존중하고 또 존경한다. 그분들의 힘들었던 그 경험들을 바탕으로 보다 효율적이고 효과적인, 편한 환경이 만들어지고 있다고 생각하고 그분들도 그렇게 생각했으면 하는 마음이다. '너희는 지금 운 좋게 아주 편하게 일하는 거야'가 아니라 '우리가 노력한 덕에 나아진 거야. 우리가 효율적인 방법들을 고안해온 것이니 너희도 후배들을 위해 노력해'가 서로를 존중하는 생각일 것이다. 또한 선배 기술자들과 새로 유입된 초보자들 모두 내가 속해 있는 이 도배 현장, 건설 현장이 발전하는 것을 긍정적으로 생각할 필요가 있다. '노가다는 30년째 발전이 없어'라는 시선보다는 '요즘 노가다는 예전과 다르대, 많이 변화하고 있다던데?'라는 시선이 더 좋을 테니 말이다. 기성세대와 청년세대가 서로의 태도를 존중하며 함께 노력해야 하는 부분이다.

드라마 보는 것을 좋아하는 나는 '건설 현장'이라는 곳도 역시 드라마로 처음 접했다. 주인공이 하던 일이 잘 안 풀려 실직하거나 빚더미에 앉아 신용불량자가 되었을 때 잠깐 일하러 가는 곳 정도로 나왔었던 것 같다. 그리고는 결국 다시 성공을 거두며 금방 나오고 마는 곳. 그 외에는 건설 현장에 대해 생각해본 적도 주변 사람들을 통해 이야기를 들어본 적도 없었다. 누가 가는지, 어떤 사람이 일하는지 별로 관심이 없었다.

아마 대부분의 사람들이 그렇지 않을까 생각한다. 번듯한 회사에 가기에는 능력이 부족해 취업이 어려운 사람들이 가는 곳. 그러나 직접 마주한 건설 현장의 모습은 꽤나 달랐다. 밖에서 상상했던 것과는 다른 현장 속 다양한 모습들이 있지만 그중에서도 '청년'들에 초점을 맞추어보면 건설 현장에는 생각보다 많은 청년들이 다양한 분야에서 일하고 있다.

내가 직접 대화해보거나 스쳐간 청년들만 떠올려보아도 도배는 물론, 외부로프 도장작업(아파트 외벽 페인트칠), 욕실 환풍기 설치, 타일, 마루, 청소 등 곳곳에서 많은 젊은이들이 일하고 있었다. 청년들이 건설 현장에서 일을 한다고 하면 아마도 많은 사람들은 잠깐 아르바이트 개념으로 한다고 생각하거나 그게 아니라면 특별히 다른 기술도 없어서 어쩔 수 없이 시작했을 거라고 섣불리 판단한다. 또한 이런 젊은이들을 불성실하고 똑똑하지 못한 사람으로 생각하는 경우도 종종 있다.

그러나 내가 만난 청년들은 자기 주관과 목표를 가지고 기술을 배우기 위해 현장에 뛰어든 사람들이 많았다. 도배사 아버지를 따라 고등학교를 중퇴하고 도배를 배운, 나보다 훨씬 선배인 10대 청년 도배사도 만난 적이 있다. 생각보다 그들은 꽤 성실하고 건실하다. 사실 건설 현장에서 하는 일은 성실하지 않으면 하기 어렵다. 기술을 배우러 건설 현장에 들어온 사람들 중 나이가 조금 있는 분들은 한 살이라도 젊었을 때 기술을 배우기 시작한 청년들을 부러워하기도 한다.

그렇다면 도대체 성실하고 건실한 청년들은 어떤 주관과 목표를 가졌기에 많은 사람들이 무시하고 기피하는 직업인 건설 현장 노동자가 된 것일까? 그들은 왜 다른 직업을 택하지 않았을까? 내 경험과 건설 현장에서 만난 청년들로부터 들은 이야기에 의하면 직장생활과는 다르게 내가 가진 기술로 은퇴 없이 평생 일할 수 있다는 것, 상사 혹은 동료와의 갈등이 비교적 없이 내 일에만 집중할 수 있다는 것, 내가 노력하고 고생한 만큼 대가를 받을 수 있다는 데 매력을 느꼈던 것 같다. 거기다 회사에서 원하는 '스펙'을 갖추지 못하여 취업시장에서는 경쟁력이 부족한 청년들도 성실하게 노력하면 누구나 동일선상에서 시작하여 기술을 배워갈 수 있는 환경이라는 점 역시 많은 청년을 건설 현장이라는 일터로 불러왔을 것이다. 나는 취업에 성공하여 직장생활을 하기도 했지만 이후에도 여전히 그 안에서 도태되지는 않을까, 경쟁에서 밀리거나 정체되지 않을까 불안해했었다.

　　내가 잘 하거나 좋아하는 일을 직업으로 고른다는 이상은 현실에서는 쉽게 이루어지기 어렵다는 것을 알고 있지만, 요즘처럼 취업이 어려운 시기에는 내가 얼마만큼 이 일을 오래 할 수 있을지 고민해보기조차 쉽지 않다. 그보다는 내가 가진 스펙과 학창시절 들인 노력 대비 지금 당장 갈 수 있는 좋은 직장과 기업을 고르기 급급하다. 이만큼 좋은 대학 나오고 스펙이 많으니 어느 '레벨' 이하의 회사는 가고 싶지 않은 것이다. 그러니 부서나 업무보다는 회사 이름만 보고 지원하게 된다. '청년층의 첫 직장 평균 근속 기간이 1년 5.5개월'이라는 통계청 조사 결과(2020년)가 있는 것은 아마 실제 회사 생활이 생각과는 많이 달랐기 때문일 것이다. 사회적으로 좋게 평가받는 직업을 가진 주변 친구들과 이야기해보아도 그들 마음속에는 이직에 대한 고민이 항상 있다. 그리고 그 이유는 대부분 지금 당장 일이 힘든 것도 있지만 그보다 얼마나 그 직장에 오래 있을 수 있을지에 대한 불안감이 있기 때문이다. 건설 현장 노동자인 나에 비하면 번듯하고 멋있는 직업을 가진 친구들은 나에게 장난 반 진담 반으로 자신이 앞으로 어떤 기술직을 하면 좋을지 추천을 요청하기도 한다. 결국은 약간 장난스럽게 이 직업 저 직업 이야기하다 마무리되기는 하지만 그것이 비단 농담만은 아니다.

'기술직'이란 말 그대로 몸으로 터득한 기술을 바탕으로 한 직업이기에 기술만 완전하게 연마했다면 여타 직업보다 안정적이라 할 수 있다. 긴 시간 익혀왔기 때문에 하루 이틀의 인수인계만으로 다른 사람이 내 자리를 대체할 수 없다. 나는 그래서 이 일을 택했다. 기계 부품처럼 쉽게 대체되는 사람, 그래서 홀대 받는 입장이 되고 싶지 않았다. 필요한 일을 하는 중요한 사람이 되고 싶었다. 그 일에 대한 사회적 인식보다 일터에서의 내 존재감이 더 중요했다.

　머리를 쓰는 일은 우대 받고 몸을 쓰는 일은 그렇지 못한 우리 사회에서 젊었을 때부터 몸을 쓰면 더더욱 곱지 않은 시선을 받는다. 젊은 사람이 왜 머리 쓸 생각은 안 하고 벌써부터 몸을 쓰냐고 생각한다. 그러나 나는 사회에서 모든 사람이 머리를 쓰는 일을 할 필요는 없을 뿐더러 몸을 쓰는 사람도 반드시 필요하다고 생각한다. 내게 어떤 것이 더 잘 맞고 잘할 수 있느냐가 중요하다. 불특정 다수가 내 직업군에 대하여 평가하는 것과 내가 하는 일이 나와 얼마나 어떻게 잘 맞는지, 오래 일하기 위해 더 중요한 것을 판단해 결정했을 뿐이다.

　실제로 주변에 도배 일을 한다고 이야기했을 때, 기술직이 급여도 나쁘지 않고 은퇴 없이 일할 수 있다는 이야기를 들어본 사람들은 '일찌감치 잘 선택했다'고 이야기하기도 한다. 건설사 직원 중 한 명은 '나도 도배를 배워보고 싶었지만 나이가 많아서 자신이 없었는데 부럽다'고 말하기도 했다. 회사 생활의 반대급부로 건설 현장이라는 일터, 도배라는 직업을 택한 내 입장에서는 오히려 이러한 기술직을 재빠르게 택한 청년들이 어쩌면 조금은 더 용기 있는 선택을 한 사람들이지 않을까 생각한다. 자기 자신을 위하여, 미래를 위하여 할 수 있는 선택의 범위 내에서 그들에게 최선인 선택을 했기 때문이다.

도배를 하며 많은 사람들을 새롭게 만났고 덕분에 다양한 삶의 모습을 볼 수 있었다.

도배와 사랑에 빠진 남자

짧은 도배 인생 중 가장 인상 깊었던 도배사가 있다. 초보 도배사인 내가 보았을 때에는 마치 도배와 사랑에 빠진 사람 같았다. 정말 모든 삶을 도배에 바치는 모습이었다. 아무도 없는 새벽 6시 혹은 그전부터 일을 시작해서 어두컴컴한 밤이 될 때까지 하다가 현장에서 (몰래) 잠까지 자는 도배사였다. 일요일에는 아예 문을 닫아 일을 못 하게 하는 현장이 많은데, 그는 그런 날까지도 살짝 들어와 일을 하고 간다고도 한다. 그렇게 일을 하여 남들보다 두 배에 가까운 돈을 번다는 이야기도 있다. 직접 그와 대화를 나누어 볼 기회가 있었는데, 보통은 두 명이 짝을 지어 일하는 다른 팀과는 다르게 그는 절대 다른 파트너와 함께 일하지 않고 항상 혼자 한다고 한다. 하루 종일 어떠한 대화도 없이 일주일 내내 도배만 하는 것이 외롭고 쓸쓸하지 않을까 궁금했지만 미처 물어보지는 못했다. 그는 무엇을 목표로 일을 하는 걸까, 도배와 사랑에 빠진 삶은 어떠할까, 도배가 지겨워진 적은 없었을까, 더 궁금한 것들이 많았지만 차마 묻지 못했고 현장이 달라지면서 그 후로는 다시 그 도배사를 만난 적이 없다. 그 사람만큼 어떤 일에 몰두하고 몰입하는 경험을 나는 살면서 할 수 있을까. 아직 한 번도 경험해보지 못한 궁금한 삶이다.

건설 현장에서 만난 금수저 청년

한번은 청소 일용직을 하는 사람과 이야기를 나누게 되었다. 그는 대기업을 다니다가 퇴사해 청소 일용직을 하게 되었다고 한다. 나도 직장을 그만두고 도배를 시작했기에 그런 그의 선택이 이상해 보이지는 않았다. 좀 더 이야기를 나누어 보니 그의 부모님은 임대업을 하면서 꽤 많은 수익을 내고 있으며 이후에는 자신이 물려받게 될 것이라고도 했다. 당장의 생계를 위해 청소 일용직 일을 하는 것은 아니었다. 그렇다면 왜 부모님 일을 지금부터 배우지 않고 현재 청소 일을 하고 있느냐 물으니, 지금으로서는 단순한 청소 일이 좋다고 한다. 몸을 쓰며 일하니 오히려 복잡한 생각에서 벗어날 수 있어서 스트레스도 적고 편하다고 했다. 매번 다른 현장에서 새롭게 만난 사람들과 함께 일을 하는데, 그런 사람들과 이야기를 나누는 것도 재미있다고 했다. 돈을 많이 버는 일, 사람들에게 부러움을 사는 일도 좋지만 역시 내 마음이 편하고 재미있는 일이 최고가 아닐까 다시 한 번 생각하게 된다.

할머니, 할아버지 도배사

법적으로 '노인'에 분류되는 나이의 도배사들도 현장에서 종종 만날 수 있다. 그중에서 부부는 아니지만 파트너인 도배사 두 어르신을 만난 적이 있다. 그들은 사실 체력이 많이 약하기 때문에 젊은 사람들만큼 일을 많이 하지는 못해 기술자인데도 버는 돈이 적은 편이라고 들었다. 그럼에도 매일 이른 아침 일터에 나와 일하는 것 자체가 대단하다는 생각이 들었다. 돈 버는 것만을 목적으로 한다면 오히려 하기 힘들지 않았을까. 그보다는 내가 여전히 인정받으며 일할 수 있는 곳이 있다는 것, 다른 사람을 만나고 함께 일하는 데서 오는 즐거움 등 다양한 요소들 덕분에 그들은 여전히 일터에 남아 있지 않을까. 모아놓은 돈으로 혹은 자녀들이 주는 용돈으로 편하게 지낼 수도 있을 텐데 계속해서 일을 하는 이유를 여쭤보았다. 수년간 함께 일을 해온 파트너와 손발이 척척 맞으니 일하는 것이 재밌기도 하며, 경제력 면에서 자녀들에게 당당할 수 있는 것 역시 보람이라고 했다. 나도 나이가 들어서까지 일을 계속할 수 있을까. 그들의 성실함과 힘든 일을 하면서도 즐거움을 찾아내는 삶의 태도를 배운다.

동갑내기 친구 도배사

학교를 졸업한 후에는 어떤 곳에서 일을 하든 동갑내기 친구를 만나기가 쉽지 않다. 건설 현장에서도 비슷한 나이 또래의 청년들은 자주 만나지만 동갑내기는 만나기가 쉽지 않다. 하지만 신기하게도 나는 처음부터 같은 나이의 친구를 만나 함께 일하게 되었다. 키도 덩치도 큰 그 친구와는 겉모습부터 살아온 환경이나 여러 방면에서의 성향이 아주 많이 다르지만 육체적으로 힘든 일을 같이 하고 가족보다 더 많은 시간을 함께 보내며 빠른 시간 내에 가까워졌다. 나보다 두 달 먼저 일을 시작한 그와는 새로운 기술이나 좋은 방법을 발견하면 바로 공유하며 협력 관계를 유지했다. 사실은 불평불만을 공유하며 더 가까워진 것 같기도 하다. 우리는 일당을 올려주지 않던 예전의 소장님, 귀찮은 일은 죄다 떠넘기던 모 반장님에 대하여 함께 화를 내기도 했다. 친구와의 감정 공유와 해소가 있었기에 힘든 환경에서도 버틸 수 있지 않았을까 생각한다. 도배를 하며 목표하는 바, 기대하는 미래는 서로 다르지만 함께 성장하여 10년, 20년 후 함께 '우리 때는 말이야'를 나누게 될 시간이 기대된다.

성실함을 알려준 반장님

소장님은 종종 '도배는 반복적인 노동이기 때문에 누구나 배우면 다 기술자의 경지에 오를 수 있지만, 도배 역시 타고난 사람이 있다'고 이야기한다. 손재주가 좋아서 더 빨리 배우며 이후에도 월등한 기술력을 보이는 사람이 종종 있다. 반면 기술자가 되었다 하더라도 평균치에만 머물거나 그 이하의 실력을 가진 채 도배사 생활을 이어가는 사람도 있다고 한다.

내가 만난 한 반장님은 실력이 평균 이하라는 이야기가 많이 들리던 사람이었다. 처음에는 그에게 크게 관심 갖지 않

—— 도배사들이 벽지를 재단하거나
짐을 보관하는 풀방

았다. 잘 알지 못하는, 실력이 월등하지도 않은 다른 팀 반장님이었기 때문이다. 초보자인 내가 그에게 배울 점이 많지 않다고 생각했던 것도 같다. 하지만 여러 현장을 함께 하며 그의 모습을 조금씩 자세히 보게 되니 그 누구보다 배울 점이 많으며 어떻게 보면 대단한 사람이라는 것을 느꼈다. 그는 스스로 실력이 뒤처진다는 것을 인지하고 있기에 누구보다 빨리 출근하여 미리 밑작업을 해놓고 해가 진 이후에도 한참 늦은 시간까지 일을 한다. 뒤늦게 시작한 사람들보다 실력이 뒤처지면 자존심이 상할 수도 있는데, 그런 모습을 보이기보다는 자신의 부족한 부분을 다른 곳에서 채우려 하는 성실한 태도가 인상 깊었다. 실력이 전부라고 생각하며 조금은 자만했던 나는 많이 반성했다.

도배는 어차피 기술로 보여줄 뿐이라고 사람들은 말한다. 결국에는 실력이 성실함보다 중요하다는 것이다. 그러나 자신이 가진 것, 타고난 능력이 조금은 부족하더라도 그 안에서 꾸준히 기술을 연마하는 그 반장님의 삶은 결코 의미 없지 않으며 누군가에게는 깨달음을 주기도 한다. 나 역시 내가 가진 것이 무엇인지 아직은 다 알 수 없지만 이후에 내 실력, 능력을 깨닫게 되더라도 성실함과 꾸준함의 자세를 잃지 않는 것, 도배뿐 아니라 삶을 살아가는 자세를 배우게 해준 반장님의 모습은 잊지 못할 것이다.

Part 2

×

까마득한 천장을
올려다보다

벽지는 말 그대로 종이의 한 종류일 뿐이지만 우리가 주변에서 흔히 접하는 종이와는 그 성질이 약간 다르다. 또한 제조사나 종류에 따라서 질감이나 두께 등의 차이가 크다. 도배는 이렇게 다양한 성질을 가진 벽지와 친해지고 그 벽지를 다루는 방법을 익혀가는 과정이라고도 할 수 있다.

신축 아파트 건설 현장에서는 거의 대부분 종이 위에 비닐로 한 겹 더 코팅된 '실크벽지'를 사용하여 시공을 한다. 벽지에 풀을 발라 벽에 붙이는데 풀의 농도와 양에 따라서도 벽지의 특성이 달라진다. 다른 종이와 마찬가지로 뻣뻣하던 벽지는 풀을 바른 후 시간이 좀 지나면 약간 흐물흐물해지며 신축성이 생긴다. 그렇기 때문에 골조가 아주 똑바르지 않더라도 그에 맞게 벽지를 붙일 수 있다. 벽지를 벽에 붙이고, 벽의 모양에 따라 칼질을 하며 벽지와 벽지 사이의 이음매를 맞추는 모든 작업은 벽지에 대한 이해가 있어야 수월하다.

벽지는 아주 예민하다. 종이인 만큼 자칫하다 찢어지기 쉽다. 벽지를 펴다가도, 칼질을 하다가도, 이음매를 맞추기 위해 종이를 당기다가도 금방 찢어져버린다. 또한 온도, 습도, 바람과 같은 외부 환경에도 예민하게 반응한다. 추운 날에는 벽지에 발려 있는 풀이 얼어버리기도 하고 바람이 많이 불면 붙여놓았던 부분이 들뜨기도 한다. 날이 추워 히터를 틀고 작업을 하면 열기가 위로 올라가 벽지가 들려버리기도 하며 틈이 넓은 곳에 붙인 벽지 사이에 바람이 들면 꼬여버리기도 한다. 작업할 때는 완벽하게 붙여놓은 것 같다가도 벽지가 다 마른 후에 가보면 그렇지 않은 경우가 많다. 때로는 변형이 여러 계절에 걸쳐 이루어져 예측이 더더욱 어렵기도 하다. 여러 상황들을 경험하고 이를 방지하기 위한 노하우들을 반영하여 작업하지만 모든 상황이 다 예측 가능하지는 않기 때문에 현장마다 새로운 현상들을 발견하고는 한다.

그러나 벽지가 예민하게 반응한다고 해서 무조건 새로운 벽지로 처음부터 다시 작업해야만 하는 것은 아니다. 앞서 말한 것처럼 벽지는 신축성이 있기에 일정 범위 내에서 수

하자를 대비해 여분으로 남겨놓은 벽지 ──

—— 도배사는 다양한 벽지의 특성을
제대로 이해하고 능숙히 다뤄야 한다.

정이 가능하다. 찢어진 곳은 조심스럽게 눈에 띄지 않게 다시 붙일 수 있으며 풀이 충분히 흡수된 벽지는 신기하게도 최대 3cm까지 늘어나기 때문에 벽지를 잡아당겨 수정할 수도 있다. 이미 풀이 다 말라 벽에 붙어 있는 벽지라도 다시 물을 흡수시키면 손볼 수 있는 상태로 돌아오기도 한다. 도배사들은 이미 말라 딱딱해진 벽지도 물을 먹여 다시 기존의 상태로 돌려 수정을 한다.

때로는 벽지가 작업하는 사람의 마음을 알고 있다고 느껴질 때도 있다. 처음 도배 작업을 할 때에는 너무 긴장이 돼서 지나치게 조심스럽게 작업을 했었다. 혹여나 작은 실수 하나라도 할까 겁을 먹은 채 벽지를 다루었다. 그러나 벽지는 이런 겁먹은 내 마음을 읽는 것처럼 조심하면 할수록 더 잘 찢어지고 울어버리고는 했다. 가끔은 시간에 쫓겨 조급한 마음으로 작업을 하면 더 삐뚤게 붙여지거나 쉽게 찢어져버려 속을 썩이기도 한다. 그러나 자신감과 여유가 있는 순간에는 벽지도 착착 붙는 경우가 많다. 여유롭게 벽지를 다룰수록 실수도 적어져 결과적으로 작업 속도는 올라간다. 또한 벽지에 대한 이해가 높아질수록 도배하는 과정이 쉬워지기 때문에 여유가 생기기도 한다. 벽지에 따라 풀의 양과 농도, 풀을 발라놓고

기다리는 시간 등도 전부 다르게 해야 하고 이에 따라 작업 속도도 많이 달라진다.

　　장인은 도구를 탓하지 않는다고 하지만 도배사는 벽지를 잘 알고 능숙히 다루어야 한다고 생각한다. 잘 늘어나는 벽지, 뻣뻣해서 잘 늘어나지 않는 벽지, 두꺼워서 말을 안 듣는 벽지, 얇아서 잘 찢어지는 벽지, 각각의 특성을 빨리 읽어내고 그에 맞추어 작업하는 것이 반드시 필요하다. 때문에 초보 도배사가 꽤 오랫동안 반드시 거쳐야만 하는 것이 바로 이 벽지와 친해지고 익숙해지는 시간이다. 단기간에는 힘들다. 여러 현장을 거쳐 많은 벽지를 만져보고 작업해보는 시간이 있어야 한다. 벽지에 대한 이해도가 높아지는 순간 작업 속도는 빠르게 올라간다. 벽지의 특성에 따라 작업 방식을 맞춘다면 말이다. 도배는 사람과 사람 사이의 호흡도 중요하지만 그만큼 사람과 벽지 사이의 호흡도 필요한 일이다.

도배를 하면 도대체 얼마나 벌지 궁금해하는 사람들도 있을 것 같다. 현장 도배사의 일당과 일당이 오르는 속도, 그리고 독립을 하게 됐을 때 벌 수 있는 돈에 대해 이야기를 해보려 한다. 기준은 내 경험과 주변 반장님들로부터 전해들은 이야기들을 근거로 했다.

여기서 한 가지 짚고 넘어갈 점은, 신축 아파트 건설 현장의 일당과 지물 일의 일당은 다르다는 것과 지역별로 혹은 소장님이나 반장님 개인의 성향에 따라 받는 액수의 차이가 크다는 점이다. 지물포나 소비자에게 직접 일을 받아 작업하는 지물 일은 건설 현장 도배보다 일당이 높지만 그때 그때 일을 받아서 작업하기 때문에 일이 끊이지 않도록 하는 것이 중요하다.

오야지가 악덕 업주가 아니라는 가정하에, 대부분의 초보자 일당은 8만 원에서 시작한다. 아파트 건설 현장에서 일하는 청소 일용직의 경우 일당 11만 원 정도를 받는다고 한다. 직접 그들에게 들어보니, 중간중간 쉬는 시간도 많고 퇴근 시간도 오후 3~4시 정도로 빠르기 때문에 11만 원을 받고 하기에 꽤 괜찮은 일이라고 한다. 그에 비하면 도배는 일하는 시간도 길고 기술을 요하는 일임에도 턱없이 적은 일당이라고 생각할 수 있다. 그러나 초보자가 현장에 처음 와서 일을 하게 되면 할 수 있는 일이 많지 않다. 도배는 '건설사에서 정한 단가' 대비 '평수'를 기준으로 해서 작업량을 비용으로 계산해볼 수 있는데 초보자는 받는 일당만큼의 일을 하지 못한다. 그럼에도 불구하고 오야지가 초보자를 채용하여 쓰는 이유는 더 멀리 보고 일종의 '투자'를 하는 것이다. 그리고 나름의 암묵적 규칙에 의하면 3개월에 1만 원씩 일당이 오른다. 3개월 지난 후 여전히 일을 잘 못하는 경우도 많지만, 동기부여 차원에서 일당을 올려준다고 한다. 그렇게 조금씩 올려주다 보면 나중에는 받는 돈보다 더 많은 일을 하는 시기가 오게 되기 때문이다.

　나는 첫 일당이 늦게 오른 편이었다. 내가 하고 있는 일

'지난달보다 얼마를 더 버는지'가 아니라 '어제보다 얼마나 더 했는지, ──
한 폭이라도 더 많이 붙였는지'를 생각하며 과거의 나와 늘 경쟁한다.

의 양과 비교했을 때에도 그렇고 같은 팀원들과 비교했을 때도 그랬다. 첫 일당은 5개월이 지나도록 오르지 않았다. 25일을 꽉 채워 일해야 겨우 200만 원을 받는데, 겨울에는 20일밖에 일하지 못하는 달도 있었고 그럴 때면 월급이 너무 적었다. 불만도 많고 회의감도 많이 들었다. '내가 고작 이만큼을 벌기 위해 회사를 그만두었던 것일까? 내가 다른 어떤 곳을 가도 이보다는 많이 벌 텐데' 하는 생각도 들었다. 소장님은 고작 내 일당 만 원 올려주는 것이 어려우실까? 나보다 두 배 많은 일당을 받는 반장님은 정말 나보다 두 배의 일을 하고 있는 것일까? 이런 불평불만이 가득하던 시기도 있었다.

일당에 대한 불만이 쌓여가던 중, 도배 경력이 많은 한 반장님으로부터 '일을 배우는 동안에는 1~2만 원에 연연해하지 마라. 더 멀리 보고 최고의 기술자가 되는 것을 목표로 해라'라는 말을 들었다. 가볍게 한 이야기였지만 그 말을 듣는 순간 그저 일당에만 집착하던 시간들이 떠오르며 과거의 내 자신이 부끄러워졌다. 분명 차근차근 성장하며 기술 배우기를 목표로 한다고 생각했었는데 돈에만 신경 쓰며 조급해하고 있었던 것이다. 물론 돈이 힘든 육체노동에 대한 보상이자 동기부여를 위한 목표인 것은 맞지만, 나는 일당이 오늘 오를까 내일 오를까 하며 당장 눈앞의 작은 목표만을 쫓지 않기로 다짐했다. '지난달보다 얼마를 더 버는지'가 아니라 '어제보다 얼마나 더 했는지, 한 폭이라도 더 많이 붙였는지'를 생각하며 과거의 나와 경쟁했다. 그러다보니 일당은 생각보다 빠르게 올라갔다. 일당에 집중할 때는 일당이 오르지 않았지만, 실력에 집중하니 일당이 올랐다. 돈을 벌기 위해 하는 일이지만 오로지 당장 눈앞의 한두 푼에만 집중하고 멀리보지 못하면 결국에는 성장하지도 성공하지도 못하게 되는 것은 어떤 일이나 마찬가지인 것 같다.

사실 일당이 아예 오르지 않던 초보자일 때에도 고민이 많았지만, 2년이 다 되어가는 지금도 일당과 관련한 또 다른 고민이 찾아온다. 실력은 어느 정도 갖추었지만 아직 기술자가 되지 못한 지금, 받고 있는 일당보다는 훨씬 더 많은 일을 하고 있지만 혼자 독립해서 일을 하기에는 아직 불안한 시기. 이러한 때에는 온전히 성장하고 실력을 키우는 것에만 집중하던 내 마음을 흔들어놓는 주변 사람들이 많아진다. '너 정도 실력이면 독립하면 두 배는 더 벌 수 있어, 우리 팀으로 오면 더 많이 줄게' 이렇게 혹하는 말을 많이 듣는다. 현재 이런 상황을 마주하고 있는 나는 초보자일 때와 마찬가지로 돈에만 종속되어 선택하기보다는 더 큰 그림을 그리며 멀리 보아야 한다는 생각으로 신중한 선택을 하려 노력 중이다. 내가 무엇을 바라고 도배를 시작했는지를 되새기며 말이다. 지금 당장 조금 더 버는 것인지 아니면 기술자가 되어 앞으로도 계속 일을 하기 위함인지, 나에게 더 중요한 것은 무엇인지 끊임없이 고민하고 있다.

하자 보수, 일을 대하는 자세

'하자 보수'란 거의 모든 공정이 완료된 후 건설사 직원과 입주 예정자가 점검하여 하자로 지적한 부분들을 수정하는 것이다. 이는 도배뿐 아니라 모든 공정들이 필수적으로 해야 하는 작업이다. 동, 호수와 하자 위치, 하자 내용이 나열된 리스트를 가지고 다니며 해당 부분의 하자들을 보수해 나간다. 아주 쉽게 처리할 수 있는 작은 하자부터 보수가 오래 걸리거나 도배를 다시 해야 하는 하자까지 종류가 다양하다. 입주자들이 점검하는 하자의 경우에는 입주자 성향에 따라 조금 문제가 있더라도 하자로 지적하지 않는 경우도 있으며, 반대로 작은 하자까지 모두 체크하기도 한다. 입주자 점검의 경우 하자 위치에 작은 스티커를 붙여 표시하는데, 가끔은 백 개가 넘는 하자 스티커가 붙어 있는 세대도 있다.

하자를 보다보면 '작업할 때 조금만 더 신경 썼으면 좋았을 텐데'라는 생각을 많이 하게 된다. 이는 작업 과정에서 실수를 바로잡았다면 간단하게 수정할 수 있었던 일이, 이미 시공이 완료된 시점에서 하자를 보려면 더 오래 걸리고 손이 많이 간다는 의미이다.

구체적인 하자의 예를 들어보자면, 벽에 이물질이 있을 때 완전히 제거하지 않고 벽지를 붙이는 경우가 있다. 벽지를 막 붙였을 때는 벽지가 풀과 물에 젖어 있어 팽팽해지기 전이기 때문에 잘 보이지 않다가 완전히 마르면 아주 흉하게 그 하자가 드러난다. 만약 처음 벽지를 붙일 때 이물질이 있다는 것을 확인했다면 제거하는 것은 아주 쉬운 일이다. 벽지를 살짝 들어서 떼어내기만 하면 되기 때문이다. 그러나 벽지가 말라 하자가 되어버리면, 벽지를 칼로 조심스럽게 자른 다음에 이물질을 제거하고 다시 풀을 발라 눌러주어야 하는데 작업 시간이 배로 걸린다. 예로 든 하자는 비교적 쉽게 손볼 수 있는데도 말이다. 도배 작업은 수량과 품질 두 가지를 함께 신경 써야 하는 작업인데, 이때에 품질이란 적은 하자를 의미한다. 수량에만 치중하여 사소한 부분들을 무시하고 넘어가면 결국 하자가 많아지고 이후에 하자 보는 것에 더 많은 시간을 투자

해야 된다.

하자의 원인이 소홀한 작업 때문만은 아니고, 예측할 수 없는 경우도 있다. 다른 작업자들이 지나다니며 벽지를 찢거나 찍어서 생기기도 하고 갑작스러운 날씨 변화나 누수 등에 의해 생기기도 한다. 또한 도배사들이 하자라고 생각하는 것과 본사 직원이나 입주자 등 하자를 점검하는 사람들이 하자로 지적하는 것에는 차이가 있어 예상 밖의 하자가 생기는 경우도 있다. 그래서 아무리 섬세하게 작업한다 하더라도 하자가 아예 없는 것은 불가능에 가깝다.

처음 하자를 보러 갔을 때는 지루하고 힘들었다. 벽지를 붙일 때에는 생산적인 일을 한다는 느낌, 결과물을 만들어내는 기분이 들지만 하자를 보는 날은 아무 성과 없이 정체되어 있는 느낌을 받기 때문이다. 또한 몸을 많이 움직이는 도배 작업에 비하여 하자 보수는 정적이고 보다 신중해야 하는 작업이다. 거기다 내가 한 실수를 누군가 계속해서 지적한다는 것이 심리적으로도 불편한 일이기도 하다. 도배 소장 직영팀 소속이라면 우리 팀뿐만 아니라 다른 팀의 하자까지 봐야 하는 경우가 있는데 그 경우는 더더욱 재미가 없다.

그럼에도 하자 보기에서 배우는 것들이 있다. 가장 기본적으로는 어떤 경우에 어떤 종류의 하자가 나오는지 그리고 건설사 직원이나 입주자들은 어떤 부분을 집중적으로 보며 하자를 점검하는지 알 수 있다. 또한 내가 반복적으로 내는 하자가 무엇인지도 알 수 있다. 어떤 부분을 항상 잊어버리거나 놓치는지 내 자신의 작업 습관이나 실수는 하자를 보아야만 알 수가 있다. 작업할 때는 당연히 문제 없다고 생각하지만 이후에 하자가 되는 경우가 많기 때문이다. 반복적으로 발생시키는 하자는 무엇인지, 벽지는 온도, 습도 등 어떤 외부 요인에 영향을 받고 어떻게 주의해야 하는지 배우기 위해서는 꼭 하자를 보아야만 한다.

다른 팀의 하자를 볼 경우에는 다른 기술자들의 실력을 엿볼 수 있다. 소장님으로부터 다른 실력 좋은 반장님들이 작업한 결과물들을 직접 보고 배우라는 이야기를 듣고는 한다. 내 작업에 몰두하고 시간에 쫓기다보면 다른 동에 찾아가 보고 배우는 것이 쉽지 않다. 그러나 하자를 보면 다른 기술자들의 실력을 간접적으로 볼 수 있다. 하자를 보다보면 아무리 기술자들이 작업한 결과물이라도 그 실력이 천차만별이라는 것을 알 수 있다. 정말 기술자가 작업한 것이 맞는지 의심이 드는 경우도 있는 반면, 아주 깔끔하고 꼼꼼하게 작업하여 내 작업을 반성하게 만드는 기술자들도 많기 때문이다.

하자 보기는 결국 관계성이자 책임감이라는 것도 배우게 된다. 일당쟁이인 나에게 하자는 그저 소장님이 '내일은 하자 보러 가자' 하면 따라가서 보면 되는 일일 뿐이다. 그러나 하루하루 하는 일만큼 돈을 버는 동반장님들한테 하자 보기란 더욱 번거로운 일일 것이다. 이미 새로운 현장에서 바쁘게 작업 중인데 다시 이전 현장으로 돌아와 시간을 들여야 하니 말이다. 그럼에도 불구하고 책임감 있게 하자를 보는 반장님들도 있고, 하자를 보러는 오지만 얼굴만 비추고서는 대충 하고 가는 사람들, 연락이 두절된 채로 아예 안 오는 경우도 있다. 또한 함께 일하던 파트너에게 하자를 떠맡겨버리는 사람도 있고 말이다. 아직 동반장이 되어보지 않아 모든 것을 다 알 수는 없지만, 어깨너머로 보았을 때에는 그 하루의 하자 보는 시간이, 그 조금의 책임감이 결국 자신에 대한 평가가 되고 평가가 쌓여 관계성이 되어가는 것을 알 수 있다.

대부분의 사람들은 작업을 기승전결로 보았을 때, 작업의 마무리 즉 도배가 끝난 것을 '결'로 생각하기 쉽다. 나 역시도 작업하다보면 그런 생각이 든다. 어떤 작업들이 남았는지, 몇 세대가 남았는지를 생각하며 작업이 끝나는 날을 기다린다. 하지만 하자 보기를 '결'로 생각하는 것이 더 책임감 있는 도배사의 자세가 아닐까 생각한다. 내가 작업한 결과물을 다시 내 눈으로 보고, 부끄러운 나의 실수를 직접 바로잡는 것 말이다.

내가 사는 집이 어떻게 지어지는지 그 과정을 직접 본 사람은 많지 않을 것이다. 나 역시도 도배를 하기 전에는 집이 지어지는 모습을 제대로 본 적이 한 번도 없었다. 그러나 도배를 하면서 그 과정을 지켜보는 재미가 있다.

물론 도배는 전체 공정의 막바지 작업이기 때문에 이미 전체적인 집의 모습이 갖춰진 이후의 모습밖에는 보지 못한다는 아쉬움도 있다. 그러나 어느 정도 집이 다 지어진 막바지 단계임에도 불구하고 여전히 수없이 많은 손길을 더 거쳐야 집이 완성된다. 건물의 뼈대가 올라가고 벽돌과 시멘트로 벽이 만들어지고 큼직한 가구들이 들어서 집의 형태가 갖추어진 후에도 더 진행되어야 하는 작업들이 많이 있고 그 과정들은 아주 세분화되어 있기 때문이다. 천장에는 몰딩이 바닥에는 걸레받이가 둘러지고, 벽에는 벽지가 붙여지고 바닥에는 마루가 깔리며 창문과 방문, 현관문 그리고 각각의 손잡이도 달려야 한다. 화장실이라는 작은 공간 하나만 봐도 바닥 타일, 욕조, 세면대, 변기, 휴지걸이, 거울 등 아주 많은 것들이 들어가기 위하여 여러 사람의 손길이 필요하다. 아파트는 세대 내부뿐 아니라 복도, 엘리베이터, 조경, 부대시설 등 기타 작업도 많다. 당연한 이야기이지만 현관 복도의 타일이나, 복도 벽의 페인트 무늬, 계단 난간같이 무심코 지나치던 모든 것들이 누군가의 작업에 의하여 그 자리에 있는 것이라는 사실을 새삼 깨닫게 된다.

아파트 건설 현장에서 이루어지는 작업들은 때로는 매우 세분화되어 있고 반복적이기에 '집을 짓는 일'이라는 생각을 잊게 만들기도 한다. 빌트인 가구를 조립하는 공정만 봐도, 한 사람이 먼저 조립할 부품들을 세대 내에 가져다 놓는다. 그러면 다음 사람이 와서 조립하기 편하게 비닐을 벗겨 조립을 준비하고, 그 다음 사람이 들어와 조립을 하고 간다. 각각 1분도 채 되지 않는 짧은 시간 동안만 한 세대에 머무를 뿐이다. 스쳐 지나갔다고 표현하는 것이 더 정확할지도 모른다. 도배 작업은 한 세대에 머무르는 시간이 작업에 따라 30분에서 1

집은 수많은 공정을 거쳐 지어진다. ——

시간 혹은 그 이상으로 비교적 길지만 그럼에도 불구하고 같은 구조의 같은 집을 수도 없이 반복하여 작업하다보면 누군가가 살 집을 도배한다는 생각보다는 지금 내가 하고 있는 작은 움직임에만 집중하게 된다. 벽지를 똑바로 붙이는지, 칼질을 바르게 하는지에만 신경을 쓰는 것이다. 만약 조금 마음에 들지 않게 되었다면 옆집으로 넘어가서 좀 더 잘 해보자고 마음먹는다. 그러나 어느 순간 이 현장을, 이 한 세대를 잠깐 작업하고 지나가버리는 곳, 혹은 작업이 미흡하더라도 다음에 더 잘 하면 되는 '연습의 장'으로 생각해서는 안 되겠다는 생각이 든다. 누군가에게 그곳은 하나밖에 없는 소중한 집일 테니 말이다.

집의 내부가 완성되어가는 과정도 흥미롭지만 아파트 단지 내의 조경이 만들어지는 모습을 지켜보는 것도 건설 현장에서 누릴 수 있는 하나의 재미이다. 처음 현장에 와서 가장 놀랐던 것은 폐허 같은 아파트 내부보다는 아파트를 둘러싼 흙길이었다. 도배를 하기 위해 현장에 가면 조경 작업이 이루어지기 전인 경우가 대부분이라 제대로 된 길 없이 전부 흙밭인 경우가 많다. 혹여 비라도 오면 온통 진흙탕이 되어 발이 푹푹 빠지기 일쑤이고, 길이 없으니 내가 가야 할 곳의 방향만

잡고 앞으로 나아가야 한다. 이미 나 있는 정해진 길을 따라가는 것에만 익숙했었는데, 길이 없거나 매번 길이 바뀌는 곳을 다녀야 하는 것이 쉽지 않았다. 진흙길을 갈 때에는 누군가 이미 지나갔던 발자국을 따라 밟았다가 더 깊이 빠지기도 하고, 아무도 밟지 않은 곳을 밟았다가 앞으로 미끄러지기도 한다. 정답은 없다. 누군가 밟고 지나갔다고 해서 단단한 흙인 것도 아니며 그렇다고 아무도 밟지 않은 곳이 안전한 것도 아니다. 밟아보아야만 알 수 있다. 새로 받은 안전화는 진흙투성이가 되었다가 점점 말라붙어 원래의 색을 알아보기 어렵게 된다. 가끔은 누군가가 진흙 위에 작은 돌이나 박스종이를 올려놓아 징검다리처럼 만들어주는데 그 작은 손길 하나에 많은 사람들이 편해지기도 한다.

시간이 지나면서 아무것도 없던 흙투성이 위로 길들이 하나 둘 생겨나는 것은 여러 번 보아도 신기하다. 높은 층에서 작업하며 창밖을 내다보면 길이 만들어지는 것이 더욱 뚜렷하게 보인다. 위에서 내려다보면 사람들도, 중장비들도 답답할 정도로 천천히 움직이는 것 같은데 며칠이 지난 후에 다시 보면 척척 작업이 진행되어 있는 것처럼 느껴진다. 그러나 사실 그렇게 돌이 깔리고 길이 생긴 후에는 이미 현장에 많이 익숙해져 내가 속한 건물을 찾아가는 것이 쉬워진 이후이다. 그럼에도 불편함을 겪었던 터인지 그 돌 하나, 길 하나가 무척 편리하게 느껴진다.

가끔은 '내가 선택한 새로운 길도 그럴까?' 하는 생각이 든다. 처음 시작할 때에는 아무것도 보이지 않았다. 가끔은 평탄하고 이미 잘 닦여 있는 다른 길이 많은데 굳이 스스로 진흙밭에 뛰어든 것은 아닐까 하는 생각도 들었고 춥고 힘들고 외롭기도 했다. 주변에서는 아무도 가지 않는 길이었고 내가 직접 가보기 전까지는 단단할지 미끄러울지 알 수도 없었다. 비가 와서 진흙길같이 힘든 시기도 있었고 멋진 조경은커녕, 길이 만들어지기는 할까 의심스럽기도 했다. 그러나 지금은 그 길이 조금씩은 만들어지고 있는 것 같다.

처음에는 당장 눈앞의 벽지만 보아도 두렵고 다른 기술자들을 보며 나는 언제 저 기술들을 다 배울지 막막하기만 했다. 진흙길이 펼쳐져 있다는 것을 알지만 그럼에도 한 걸음 한 걸음 그곳을 밟아야만 앞으로 나갈 수 있는 상황이었다. 그러나 점점 그 시간들이 다져져 내가 향하는 길 속에서 작은 목표들도 생겨나고 있다. 느린듯 조금씩 생겨나고 있는 내 길이지만, 멀리서 높이서 본다면 그래도 꽤 틀이 잡혀가고 있지 않을까 하는 기대도 해본다. 조금 더 욕심을 낸다면 아직은 수많은 도배사들 가운데 여전히 새내기 도배사인 내가 또 다른, 도배를 시작하고자 하는 누군가에게는 진흙 위의 조그만 돌, 박스 종이 정도의 작은 도움 정도는 줄 수 있는 사람이 되지 않을까 생각하기도 한다.

도배, 만만한 일 아닙니다

사람들이 도배를 시작하는 이유는 각자 다르겠지만 아마 이전보다 더 나은 미래를 기대하며 시작했을 것이다. 은퇴가 정해진 직장 생활보다는 평생 쓸 수 있는 기술을 배워 돈을 많이 벌고자 하는 목표를 가지고 말이다. 나 역시 비슷했다. 내가 버텨내지 못한 회사 내 조직 생활보다 나은 삶을 기대하고 뛰어들었다. 그리고 여성이라도 버텨내기만 한다면 언젠가는 기술자가 되어 인정받을 수 있다는 말에 희망을 가지고 시작했다. 몸에 익힌 기술 하나로 평생 먹고 살 수 있다는 점이 참 매력적이었고 무엇보다 실력만으로 평가받고 인정받을 수 있다는 것에 이끌렸다. 하지만 많은 것들을 알아보고 시작하였음에도 불구하고 역시나 이상과 현실은 달랐고 기술자라는 목표까지 가기가 결코 쉽지 않은 길이라는 것을 깨닫고 있다.

―― 한 통에 담긴 내 연장들

도배는 버티기만 하면 누구나 기술자가 된다는 말은 곧 버티기가 쉽지 않다는 말이라는 것을 일을 시작한 후에 바로 알게 되었다. 막상 도배를 시작하고 나니 긍정적인 말보다 겁을 주는 말들이 더 많이 들려왔다. 그중에서도 '도배는 십중팔구 시작한 후 한 달 내에 그만두게 된다'는 말을 가장 많이 들었다. 일해보니 그 말뜻을 금방 알 수 있었다. 맨 처음에는 체력이 가장 문제가 되었다. 이전까지 몸을 제대로 써본 적이 없던 나는 학원에서 도배를 배울 때부터 파스를 덕지덕지 붙였을 정도였는데 일을 시작해보니 학원을 다닐 때와는 차원이 달랐다. 새벽부터 저녁까지 쉬지 않고 몸을 써야 하는 일에 적응하는 것이 정말 어려웠다. 게다가 가을에 도배를 시작했던 나는 금방 겨울이라는 무시무시한 계절을 마주했다. 난방도 안 되고 창문도 없는, 거의 야외나 다름없는 공간에서 겉옷도 입지 못한 채 계속해서 물에 손을 담궈가며 일을 한다는 것이 제일 힘들었다. 날카로운 추위를 마주할 때마다 따뜻한 사무실이 그리워지기도 했다. 어깨, 손목, 손가락부터 허리, 무릎까지 아프지 않은 곳이 없고 피곤하지 않은 날이 없었다. 회사 다닐 때에는 얼마나 몸이 편했는지 알게 되었다.

몸이 힘들고 피곤한 것보다 더 힘든 것은 마음을 다잡는 일이었다. 실제로도 몸이 아프고 힘들어 그만두는 사람보다 마음이 힘들어 그만두는 사람이 더 많다고 하니 말이다. 몸의 피로는 어느 시점이 지나면 익숙해지지만 거친 일터에서 지저분한 작업복을 입고 적은 월급을 받아가며 일하는 자신의 모습을 처음부터 인정하는 것은 쉽지 않을 뿐더러 주변에 보여주기 부끄러울 수 있다.

해가 지기 전 오후 4~5시면 일이 끝나는 건설 현장의 다른 공정에 비해 도배는 늦게까지 일하며 돈을 많이 벌기까지 꽤 오랜 시간이 걸린다. 심지어 별다른 기술 없이 건설 현장 쓰레기를 치우는 청소 일용직이 초보 도배사보다 훨씬 많은 일당을 받는다. 아마 다른 일을 하다 도배를 시작한 사람의 대다수는 처음 일을 하며 '내가 다른 어디에 가서 일해도 이것보다는 편하게 더 많이 벌 수 있는데'라는 생각을 하지 않을까 추측해본다. 나 역시도 이런 생각을 꽤 많이 했기 때문이다. 그런 생각이 조금씩 스며들면 더더욱 버티기가 어려워진다. 기술이 빨리 늘지 않아 스스로도 원망스럽고 기술을 잘 알려주지 않는 것만 같은 사수도 웬지 미워진다. 이렇게 부정적인 마음이 하나 둘씩 늘어나다가 무언가 결정적인 계기가 생기면 그만두게 되는 것이다.

과연 버텨낼 수 있을까 의심하던 나는 아직 기술자는 아니지만 2년 가까이 버텨내고 있다. 처음 도배를 시작할 때부터 이상만 좇지 않았고 현실과 타협해 단기적으로 목표를 잡아가며 버텼다. 나는 처음 도배에 발을 들이면서 '기술자가 되겠다', '돈을 많이 벌겠다'는 목표를 세우지 않았다. 딱 일주일만 해보자, 딱 한 달까지만 채워보자 그렇게 3개월, 6개월씩 늘려가며 버텼다. 장기적인 목표도 당연히 가지고 있었지만 조급해하거나 욕심내지 않았다. 지금은 조금씩 현실과 이상의 차이가 줄어드는 것을 보며 즐겁게 일하고 있다.

내가 도배 일 한다는 이야기를 하면 가끔 주변 사람들로부터 '나도 도배나 해볼까?'라는 말을 듣는다. 당연히 누구나 큰 제약 없이, 초기 자본 없이도 시작해볼 수 있고 버텨낸다면 대부분 기술자에 도달할 수 있는 일인 것은 맞다. 나 역시 도배하기 좋은 신체 조건도 아니었고 타고난 손재주가 있는 사람도 아니었지만 점점 기술자에 가까워지고 있으니 말이다. 또한 기술자가 되어 성실하게 일한다면 많은 급여를 받을 수 있고 직장 상사 없이 자유롭게 일을 할 수도 있다. 그러나 그 이상적인 삶에 다다르기까지 포기해야 할 것들이 아주 많고 그것을 힘들게 이겨내야만 한다는 이야기를 나는 굳이

하지 않는다. 누군가의 직업을 쉽게 이야기하고 생각하는 이들에게 그 이상과 현실의 차이를 공들여 설명하고 싶지 않기 때문이다.

Part 3

×

**벽과 모서리가
만나는 곳**

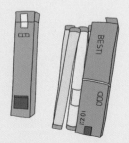

작업복

어떤 일을 하건 그에 걸맞은 옷차림이 있다. 회사 생활을 할 때에는 회사 분위기에 맞으면서도 업무하는 데 불편하지 않은 옷을 찾아 입었다. 건설 현장에서 일하는 지금은 오로지 '기능'에만 초점을 맞추어 작업복을 구매하고 입는다. 건설 현장 노동자의 모습이라면 흔히들 떠올리는 이미지가 있을 것이다. 통이 넓은 바지에 작업 조끼를 입고 안전모를 쓰고 있는 모습이지 않을까 생각한다. 그런 옷을 입는 데는 다 기능적 이유가 있다는 것을 직접 일을 하며 알게 되었다.

겨울에는 추위에 맞설 수 있어야 하고 여름에는 통풍이 잘 되어 더위를 견딜 수 있어야 한다. 그리고 작업할 때 몸에 걸리적거리거나 몸을 둔감하게 만들어서는 안 된다. 몸에 달라붙지 않는 넉넉한 옷, 다양한 물건을 수납할 수 있는 조끼를 입는 것에는 다 이유가 있었다. 예전의 나는 겨울에 목에 워머를 두르고 여름에 팔에 쿨토시를 끼는 것을 '아저씨 패션'이라 생각했다. 어딘지 모르게 촌스럽고 내가 저런 패션 아이템들을 사용할 일은 없을 것이라 생각했다. 쿨토시는 정말 시원하고 넥워머는 정말 따뜻할까, 약간의 의구심까지 가지고 있었다. 그러나 지금은 쿨토시와 넥워머를 구매하고 착용하는 것을 넘어 어떤 제품이 좋고 편리한지까지 꿰고 있다. 일하며 입는 옷들은 더 이상 보이는 것이 하나도 중요하지 않다. 일하는 데 최적화된 옷을 하나 찾으면 똑같은 옷을 요일별 개수대로 구매하게 된다.

함바

건설 현장 노동자의 주식은 단연 함바 음식이다. 함바집이라는 옛날식 표현을 들어본 적이 있는 사람도, 그렇지 않은 사람도 있을 것이다. 함바는 '건설 현장에 마련되어 있는 식당'의 일본식 표현으로 일제강점기부터 아직까지도 사용되고 있다. 요즘의 함바식당은 대부분 한식, 가정식 뷔페라는 이름이 붙어 있는 자율배식형 식당이다. 커다란 접시에 밥과 온갖

하루 종일 육체노동을 하는 사람들에게 ——
선택의 여지가 없는 점심식사이기에
더 맛있고 든든한 함바식당들이 많아졌으면 하는 바람이다.

반찬을 함께 담아 먹는 방식이다. 반찬은 대부분의 함바가 비슷하다. 제육볶음, 생선까스 등의 메인 반찬과 콩자반, 콩나물 같은 밑반찬 그리고 된장국, 미역국 등의 국요리가 번갈아가며 나온다. 메뉴도 평범하고 뷔페식이라 맛있게 먹을 수 있을 것 같지만 현실은 그렇지 못하다. 특히 현장 내에 있는 함바식당은 현장의 모든 노동자를 독점으로 받기 때문에 음식 맛에 신경 쓰지 않는 경우가 대부분이다.

처음 일을 할 때에는 현장이 바뀔 때마다 매번 맛있는 함바를 기대하며 식당에 가고는 했지만 이미 여러 번 실망을 겪은 지금 함바는 내게 정말 배고파서 먹는 밥, 그 이상도 그 이하도 아니다. 혀가 아릴 정도로 너무 짠 음식도, 물을 얼마나 계속 부어서 끓였는지 맹물 같은 국도 어쩔 수 없이 먹어야만 한다. 그나마 고기 반찬이 나오면 다행이라는 생각이 들 정도로 부실한 곳도 많아, 한 현장의 함바식당에서는 매일같이 고추장에 밥을 비벼먹기도 했다. 조금 늦게 식당에 가면 밥이나 반찬이 아예 다 떨어져 라면을 끓여주거나 계란프라이만 하나 얹어주던 식당도 있었다. 하루 종일 육체노동을 하는 사람들에게 선택의 여지가 없는 식사이기에 더 맛있고 든든한 함바식당들이 많아졌으면 하는 바람이다.

역마살

　이리저리 떠돌아 다니는 것을 역마살이라고들 하는데, 현장 도배사들은 어쩔 수 없이 역마살이 낀 삶을 살아간다. 한 현장에 머무는 기간은 길어야 3개월 정도이다. 계속 이 현장, 저 현장을 옮겨 다니게 된다. 다른 공정 노동자들은 얼마나 오랜 기간 한 현장에 머무는지 잘 모르지만 아마 도배사보다 더 짧게 머물렀다 가는 사람들도 많을 것이다. 그뿐 아니라 다음 현장이 어딘지, 언제 들어가게 될지도 확실하게 알지 못한 채 일을 한다. 나는 아직 서울과 경기도 현장 위주로 일을 하고 있지만 그럼에도 내 인생에서 가장 많은 곳을 돌아다닌 시기였고 처음으로 일 때문에 숙소 생활까지 해봤다. 동료에게서 과거 제주도에서 일하던 이야기도 들었다. 출퇴근 시간과 교통편은 직장인의 삶의 질에 엄청난 영향을 끼치는 부분이고 회사가 고정된 사람은 출퇴근 거리를 좁히기 위해 이사까지 하는데 늘 변화하는 환경에서 일한다는 것이 쉽지 않다. 식사도 장소도 사람도 모든 것이 항상 변화하고 그것에 계속해서 '적응'하는 방법을 배워간다.

번외—화장실

　사람에게 의식주만큼이나 중요한 것 중 하나는 바로 배변활동이다. 그러나 도배를 시작한 후 지금까지도 내가 가장 적응하기 힘든 부분이 바로 화장실이다. 건설 현장에는 보통 컨테이너로 된 간이 화장실을 만들어주는데 배수를 할 수 없기에 거품식 변기가 놓여 있다. 배설물이 내려가지 않고 거품으로만 덮여 있어서 비위생적이기도 하고 손을 씻을 수 있는 시설도 없다. 남성 노동자가 월등히 많아 여자 화장실을 아예 놔주지 않는 현장도 경험해보았다. 나는 비위가 약하기도 하고 여성용 화장실이 없는 경우도 있어서 출근하고 단 한 번도 화장실을 못 가고 참고 참다 퇴근하고 집에서야 겨우 가기도 했다. 그래서 처음 현장에서 일을 시작한 여성들이 방광염에 많이 걸린다는 이야기도 들었다. 참 신기한 점은 건설사 본사 직원들은 이 간이 화장실을 이용하지 않는다는 점이다. 아마 쾌적한 직원용 화장실이 따로 마련되어 있으리라 짐작된다. 가끔 직원용 화장실이 노동자들에게도 개방되어 있는 현장을 만나면 쾌적하게 이용할 수 있지만, 직원용 화장실을 노동자들에게는 개방하지 않는 곳이 대다수이다. 현장 노동자라고 더 더럽게 화장실을 사용하고 본사 직원이라고 더 깨끗하게 사용하는 것도 아닌데, 좋은 시설의 화장실을 노동자들에게 도 개방하고 공유해준다면 얼마나 좋을까 생각한 것이 한 두 번이 아니다.

　이렇게 화장실 이용이 불편하기 때문에 아주 많은 노동 자들은 세대 내부 바닥에 아무렇게나 배변활동을 한다. 내가 도배를 시작한 후 알게 된 가장 충격적인 사실이기도 하다. 누 군가 살게 될 새 집의 변기도 아닌 바닥에 배변활동을 한다니 말이다. 대소변 가리지 않고 세대 내부에 배변활동을 하고 제 대로 치우지 않는 경우가 많다. 건설사에서는 노동자들에게 늘 세대 내부 대소변 금지라고 주의를 주지만 화장실 시설이 제대로 마련되지 않는 한 이 문제는 없어지지 않을 것이다. 불 편하게 화장실을 이용해야 하는 노동자들, 그래서 세대 내부 가 오염되는 문제, 이를 막기 위해 노동자들에게 주의를 주기 만 할 뿐 별다른 해결책은 제시하지 못하는 건설사, 자신이 살 게 될 집이 누군가의 배설물로 더러워져 있다는 사실을 모르 고 있는 입주자들. 모두에게 불편한 이 문제가 언젠가 해결되 는 날이 올까.

　　도배를 시작한 후로 내게 '몸을 많이 쓰는 직업이니까 근육도 많이 생기고 튼튼해지겠다!'고 이야기하는 사람들이 종종 있다. 그러나 머리 쓰는 직업이라고 머리가 좋아지지 않듯 몸 쓰는 직업이라 해서 몸이 더 좋아지지는 않는다. 내 체구를 보며 '어머, 이렇게 말랐는데 어떻게 도배를 해요?'라고 궁금해하는 사람들도 있었다. 몸을 쓰는 일을 하는 사람들은 모두 덩치가 크거나 근육질의 몸일 것이라고 생각하는 사람들이 적지 않은 모양이다. 그러나 몸을 쓰는 일이라 하더라도 몸 전체가 아닌 특정 근육만 반복적으로 쓰고, 특히 도배는 주로 손을 사용하는 기술이기 때문에 몸집이나 체력이 일의 조건이 되지는 않는다.

　　그렇다면 이전까지는 운동을 하거나 몸을 쓰는 일을 해

본 적도 없었는데 갑작스레 몸을 많이 쓰게 되면서 몸이 힘들거나 아프진 않았을까? 물론 도배를 시작했을 때에는 체력적으로 많이 힘들고 몸도 아팠다. 기본적으로 건설 현장에서 하는 작업들은 다리품을 많이 파는 일이다. 이 세대 저 세대, 위층 아래층을 왔다 갔다 하며 반복적인 일들을 하기 때문에 하루에 1만 보 이상 걷게 된다. 이전보다 걷거나 하는 등의 움직임이 많아지니 처음 일을 시작한 후 두 달 만에 자연스럽게 7kg 정도가 감량되었다. 이는 처음 도배를 시작한 사람에게 자연스러운 변화라는 이야기도 많이 들었다.

　　다른 사람들은 의무적으로 많이 걸으려고 노력하는데 일하는 과정에서 자연스럽게 많이 걸으면 건강에 좋지 않을까 하는 생각이 들 수도 있다. 그러나 산책로처럼 평탄한 길을 걷는 것이 아니라 계단을 오르내리거나 제대로 포장이 되어 있지 않은 울퉁불퉁한 길을 걷는 경우가 대부분이기 때문에 다리에 무리가 많이 간다. 걷는 것 외에도 몸을 많이 쓰게 되는데 주된 동작들은 우마 오르내리기, 무거운 짐 옮기기, 쪼그려 앉거나 무릎 꿇고 하단 작업하기, 벌서는 것처럼 팔을 높이 치켜든 자세로 천장 작업하기, 손에 힘을 준 채 작업하기 등이다. 근육이나 예쁜 몸매를 만들기 위해 운동을 하는 것과는 몸을 사용하는 방식이 아예 다르기 때문에 오히려 관절이 닳는 경우가 많으며 일하면서 몸이 건강해지거나 좋아지기는 어렵다.

몸이 건강하고 튼튼해지기보다는 점점 닳아가는 느낌이다. 정신 노동을 하는 직장인들의 정신이 단단해지기보다는 약해지기 쉬운 것과도 비슷하다. 천장 작업을 할 때 어깨가 아파 밤마다 파스를 붙여야 하고, 다른 작업자들에 비하여 키가 작아 우마를 더 높여야 하는데 하루 종일 우마를 오르내리다 보니 무릎에도 무리가 간다. 종일 계단 두세 칸 정도의 높이를 오르내린다고 생각하면 될 것이다. 무거운 짐을 하루 종일 옮긴 다음 날에는 손목이 찌릿찌릿하기도 하고 무릎을 꿇고 작업을 하다 보니 늘 무릎에 거무죽죽한 멍이 들어 있다. 또 '롤러'를 사용해 벽지와 벽지 사이의 틈을 보이지 않게 붙여주는 작업인 롤러질을 할 때에 손가락에 힘을 많이 주니 손가락 마디마디가 부어 예전에는 헐겁던 반지가 이제는 잘 들어가지 않는다. 여름에는 장갑 안에 땀이 차 난생처음으로 주부습진 약도 발랐다. 처음으로 신어본 안전화는 앞굽이 너무 딱딱해서 발톱에 멍이 들기도 했다. 칼을 많이 사용하니까 베이기도 하고, 물에 손을 담그다보니 손톱이 닳아 부러지기 일쑤이다. 아무리 일에 익숙해지더라도 몸은 성한 곳이 없다.

반장님들한테 가장 많이 듣는 말은 몸을 아끼라는 것이다. 몸이 재산이니 아무리 눈치가 보여도 아프면 쉬고 필요하다면 마사지도 받고 영양제도 미리미리 챙겨먹으라는 이야기를 많이 듣는다. 또한 일을 처음 배울 때부터 몸에 무리가 덜 가는 방법을 체득하고 습관화하라며 다양한 방법들을 전수해 주기도 한다. 지금 당장은 힘을 많이 써서 속도를 내는 것이 더 편할 수 있지만 오래 일을 하려면 조금 느리더라도 최대한 힘을 덜 쓰는 방법을 몸에 배도록 해야 한다는 것이다.

나 역시도 처음에는 마음이 급해서 속도를 내는 것에만 집중했지만 이제는 점점 몸을 아끼기 위한 방법들을 찾아가고 있다. 우마를 여러 번 오르내리지 않도록 한 번 올라갔을 때 최대한 많은 작업을 하고 내려온다거나 무릎을 꿇을 때는 무릎 보호대를 착용하고 안전화는 한두 사이즈 크게 신어 발가락이 앞굽에 닿지 않도록 한다. 또한 전체적으로 모든 작업에서 힘을 빼고 효율적으로 일하는 방법을 습득하고 있다.

사람의 일을 기계가 대신하는 4차 산업혁명 시대에 직접 몸을 쓰는 직업이라니, 점점 도태되어 가는 건 아닌가 걱정하는 주변의 시선들도 있다. 그러나 아직까지는 기계로 대체할 수 없는, 사람만이 할 수 있는 일이 있다. 기계가 하지 못

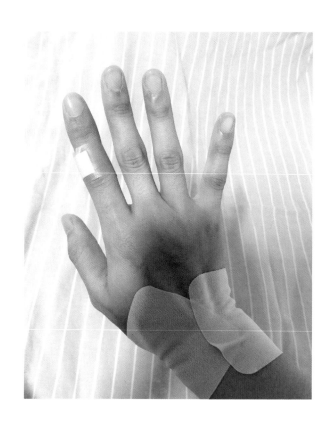

도배사의 손은 한시도 성할 때가 없다. ——

는 일을 내가 할 수 있다는 것이 좋다. 내 몸만 있다면 기술은 사라지지 않으며 어디에 가서든 필요한 사람이 될 수 있기 때문이다. 기계 속 데이터나 기계의 계산 능력 등에 의존하지 않고 내 몸만으로 일을 할 수 있는 점이 꽤나 든든하다.

가만히 책상에 앉아 공부만 하는 것이 가장 쉬웠다. 몸이나 건강에 대해서도 깊게 생각해보지 않았다. 젊은 나이 덕분이기도 하지만 크게 아파보지 않았고 아픈 것이 삶에 어떤 영향을 끼치게 될지 생각해보지 않았기 때문일 것이다. 하지만 이제는 몸이 전부가 되어버렸다. 이전까지는 몸을 제대로 써본 적도 없던 내게 몸이 곧 직업이자 재산, 능력이 된 것이다. 몸을 아끼기 위한 방법들을 배워야만 오래도록 일할 수 있는 삶을 살고 있다. 이러한 삶의 변화를 통하여 몸의 아주 작은 부분이라도 아프지 않은 것이 감사한 일임을 알게 되었다. 앞으로 계속 도배사로 살아간다면 몸은 내 영원한 재산이자 무기이겠지만 반면 한순간에 일을 그만두게 만들 수 있는 것 역시나의 몸이기에 더 많이 돌보고 아끼려 한다.

어른들은 아이들에게 종종 '어렸을 때 공부를 열심히 안 하면 여름에는 더운 곳에서 일하고 겨울에는 추운 곳에서 일한다'는 말을 하고는 한다. 어른들이 말하는 여름에는 덥고 겨울에는 추운 일터가 바로 건설 현장이며, 그곳에서 일하고 있는 사람이 바로 내가 되었다.

겨울

도배는 사계절 내내 힘든 일이지만 그중에서도 현장의 겨울은 유독 춥고 길다. 특히 한파가 몰아치고 지나간 현장은 냉기를 가득 품고 있어 더욱 그렇다. 사계절 중에서 겨울을 가장 싫어하고 추위에 유독 약한 나에게 겨울 현장은 장기간 계속되는 혹한기 훈련과도 같다.

아침에 출근하기 위해 운전대를 잡았을 때부터 추위가 시작된다. 겨울에는 해가 짧아 동이 트기 전부터 해가 질 때까지 일을 하는데, 해가 없는 그 순간들은 더더욱 춥다. 상의는 다섯, 여섯 겹씩 그리고 바지는 세 겹씩 껴입어도 창문이 없는 현장에서 일을 할 때는 입에서 입김이 나오고 손은 얼어붙는다. 도배는 벽지에 있던 풀이 다른 곳에 묻어 풀때가 되는 것을 방지하기 위하여 계속 걸레를 빨아 닦아주어야만 한다. 겨울에는 걸레질을 하고 남은 물이 얼어붙는 것을 방지하기 위해 따뜻한 물을 사용하지만 한 시간도 채 되지 않아 차갑게 식어버린다. 차가운 물에 계속 손을 담갔다 빼며 작업을 하고 난 후에는 약하게 동상이 걸린 것같이 저릿저릿한 느낌이 들기도 한다. 한파에 얼어붙었던 시멘트벽을 만질 때에는 얼음을 만지며 일을 하는 기분이다. 추위가 지나간 후에도 시멘트벽은 여전히 냉기를 품고 있어 아주 차갑다.

2020년 겨울은 유독 추위가 심했다. 화장품을 택배로 시켰더니 얼었다거나, 밖에서 끓이니 얼어붙어버린 라면 등 진기한 현상들이 많이 일어났다. 기온이 아주 많이 내려가고 눈도 많이 온 겨울이었다. 현장도 추위를 이기지 못했다. 벽지는 잠깐만 차가운 바닥에 두어도 풀이 얼어버려 딱딱하게 굳었고, 따뜻하게 데워진 물로 벽지를 닦아도 금방 얼어붙어 고드름이 생겨버렸다. 퇴근 전에는 항상 다음 날 사용할 물을 미리 받아두는데, 다음 날 아침에 보면 전부 꽁꽁 얼어 있기도 했다. 추위만 견디면 되는 게 아니었다. 추운 날씨에 하자도 많이 생겼다. 전날 붙인 벽지는 새벽의 추위를 견디지 못하고 얼어버려 전부 벽에서 떨어지기도 했고, 벽을 녹이기 위해 켠 히터 때문에 벽지가 갑작스럽게 말라 변형되기도 했다. 하루 종일 열심히 일해도 다음 날 가보면 엉망이 되어버린 벽지 때문에 속상한 날들이 많았다.

추운 날 작업하면 몸이 많이 상한다. 현장에서 사용하는 열풍기가 있다. 생김새에 따라 '대포' 혹은 '해바라기'로 불리는데 석유를 채워서 사용하며 순식간에 아주 뜨거운 열기를 내뿜는 히터이기에 세대 내의 냉기를 몰아내는 데 효과적이다. 그러나 이 석유가 가득 찬 쇳덩어리 열풍기를 얼어 있는 벽에 골고루 쏘아주기 위해서는 계속해서 무거운 히터를 들어 옮겨야 한다. 나에게는 이 히터를 잠깐 들어올리는 것 자체만으로도 버거웠는데 하자를 예방하기 위해 계속 들어 옮기다 보니 어깨, 허리, 무릎까지 아프지 않은 곳이 없었다.

겨울의 모든 현장 작업 환경이 전부 이렇게 열악하며 하

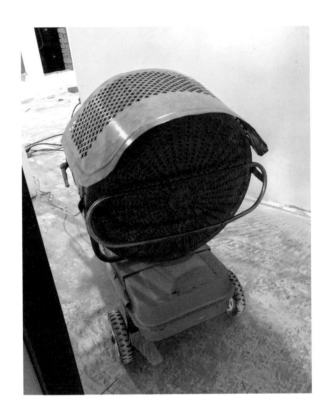

—— '해바라기'라는 별칭을 가진 열풍기

자의 위험을 감수하는 것은 아니다. 모든 현장이 그런 것은 아니다. 작업자들과 작업 결과물을 위해 세대 내 보일러를 틀어주는 현장도 있고 가벼운 전기 히터를 각 세대마다 배치하여 틀어주는 곳도 있다. 난방을 해주면 건설사의 입장에서도 추운 날씨 때문에 작업자들이 일을 못할 우려가 없으니 공기(공사기간)도 맞출 수 있고, 도배한 곳이 얼어붙어 하자가 생길 위험도 적어진다. 보일러 난방이 너무 더워 땀을 뻘뻘 흘리며 일하고 있다는 다른 현장의 소문도 종종 들려온다. 그나마 열풍기도 제공할 수 없다고 하는 현장도 있으니 현재 상황에 만족해야 하는지도 모른다. 작업 환경을 개선할 수 있는 방법이 있는데도 돈과 시간이 아까워 작업자들의 희생을 강요하는 건설 현장의 모습이 나아지는 날이 오기를 바란다.

여름

겨울은 '추위' 그 자체와의 싸움이라면 나에게 여름은 '냄새'와의 싸움이라고 할 수 있다. 해도 길어지고 옷차림도 가벼워지며 벽지가 어는 등의 기후적인 하자 요인도 적기 때문에 작업 환경과 결과물 모두 큰 걱정이 없는 계절이다. 특히 땀이 적은 편이고 더위를 많이 타지 않는 나에게는 아주 좋은 계절이라고 할 수 있다. 하지만 단 한 가지 견디기 어려운 것은 바로 냄새이다.

도배지 뒷부분 전면에 발리는 도배풀의 주 원료는 식물성 밀가루이다. 친환경 소재라는 장점이 있지만 한여름에는 그 풀이 쉬어버리기 쉽다는 단점도 있다. 가정집이나 사무실 등을 도배하는 지물 일의 경우에는 사용할 만큼의 풀만 소량으로 준비하여 작업 당일에 풀을 바르는 경우가 대부분이기 때문에 풀이 쉬어버리는 일이 많지 않다. 하지만 현장에서는 아주 큰 고무통 같은 곳에 잔뜩 풀을 타놓고 여러 날에 걸쳐 쓰는 경우가 많다. 벽지 역시 하루치 분량이 아닌 여러 번 사용할 양을 한 번에 준비한다. 더운 날씨에는 하루 이틀만 지나도 풀과 젖은 벽지에서 쉰내가 나며 심하면 풀통 안에 벌레가 생기기도 한다. 풀에서 쉰내가 난다 해도 작업 결과물에는 문제가 없다. 벽지 외에도 도배풀이 들어가는 작은 재료들 역시도 금방 쉬어버리기 때문에 냄새에 예민하게 반응하는 나는 비위가 상할 때가 많다.

풀이 쉬어서 나는 냄새뿐 아니라 더위를 많이 타는 동료들에게서 나는 땀 냄새, 여름에는 더 심해지는 담배 냄새나 음식 냄새까지 함께 견뎌야만 한다. 때로는 더위를 이기지 못해

상한 냄새 나는 함바집 음식을 억지로 입에 우겨넣을 때도 있다. 퇴근을 할 때는 벽지나 다른 재료들에서 나던 좋지 않은 냄새가 옷이나 몸에 배어 있지 않을까 킁킁대며 신경 쓰는 것이 일상이다.

봄과 가을

도배사들에게도 봄과 가을은 일하기에 최적화된 좋은 계절이다. 적당히 가벼운 옷차림으로 작업하기 좋은 선선한 날씨. 도배사들이 가장 열심히, 열정적으로 일하는 계절이기도 하다. 해 길이도 아침 일찍부터 저녁 늦게까지 일하기에 적당하다. 그러나 모두에게 그러하듯 봄과 가을은 너무 짧게 스쳐지나간다. 새벽부터 일을 시작하는 도배사들에게는 시원하던 가을 아침 공기가 너무 일찍 차갑게 바뀌어 어느새 몸을 으스스 떨게 되며, 봄이 와도 겨울의 한기가 채 가시지 않다가 금새 땀을 뻘뻘 흘리는 여름으로 바뀌기 때문이다. 좋은 것은 항상 찰나이기에 늘 아쉬움이 남는다.

도배사는 휴가를 어떻게 낼까?

직장인과 도배사의 휴가는 느낌이 미묘하게 다르다. 쉴
때 눈치가 보이는 것은 양쪽 모두 마찬가지지만 눈치를 보는
맥락이 조금 다르다. 내가 다녔던 회사는 휴가를 쓰는 것이 쉬
우면서도 쉽지 않았다. 절차적으로는 상사의 결재를 받고 형
식적으로 인수인계서를 작성하고 쉬면 되었지만, 결재를 받
는 과정에서 왜 쉬는지, 누구와 어디를 가는지를 대답해야만
했고 온갖 추측이 난무하는 호기심 많은 사람들로부터 사생
활을 지키기 쉽지 않았다. 또한 아무리 꼼꼼하게 인수인계서
를 작성해도 제대로 살펴보지 않고 전화부터 거는 직장 동료
나 상사의 연락을 거절할 수 없었다. 쉬면서도 쉬지 못하는 느
낌을 물씬 받았달까. 한 번은 연말에 있는 회사의 중요한 행사

가 끝난 후 휴가를 내고 여행을 가려고 계획한 적이 있다. 순탄하게 결재까지 받았으나 여행과 관련된 모든 예약과 결제가 끝난 시점에서 행사가 여행 이후로 미뤄졌다. 여행은 가야 했기에 2박 3일 여행 내내 노트북을 붙잡고 일을 했던 기억이 있다. 크지 않은 조직이었음에도 그 조직 체계 안에서 내 개인의 휴가는 희생되는 것이 당연한, 우선순위에서 밀릴 수밖에 없는 일이었다.

도배를 시작한 후에도 역시 휴가를 내는 것은 쉬우면서 쉽지 않다. 휴가를 쓰기 위해서는 오야지에게 구두로 쉬겠다고 전달하면 될 뿐이다. 가끔은 사전에 이야기도 하지 않고, 쉬는 당일 전화로 통보하고 출근하지 않는 사람도 있다. 쉬고 싶다고 이야기하면 이유를 물어오긴 하지만 그저 뻔한 핑계를 대도 상관이 없다. 몸이 아파서, 가족 행사가 있어서, 친구랑 놀러가기로 해서 등 솔직하게 이야기해도 되고 거짓이어도 된다. 휴가 중에는 일 생각은 안 해도 된다. 내가 쉬는 동안 누군가가 내가 맡은 영역의 일을 대신 하거나 혹은 내가 돌아가서 하면 되기 때문이다. 다른 부서와 얽혀 있는 일이라든가, 내가 아니면 처리할 수 없는 일은 없다. 그래서 쉴 때 연락이 오지도 않는다. 직장인의 휴가와 비교하여 좋아 보일 수 있다. 하지만 그 모든 단순한 과정이 결국 내 태도에 대한 평가로 돌아온다는 것을 생각하면 꼭 그렇지만도 않다. 휴가 계획을 얼마나 미리 이야기하는지, 일이 덜 바쁠 때를 골라서 쉬는지, 쉬기 전에 맡은 부분을 좀 더 열심히 해놓고 가는지 등 휴가 전과 후의 태도가 중요하다. 너무 자주 쉬어도 눈치가 보이고, 다른 동료와 휴가가 겹쳐도 눈치가 보인다.

훨씬 더 적은 인원이 일하는 곳이어도 조직은 조직이며 전체적인 계획이 존재하기 때문이다. 공사기간에 맞춰 일을 끝내야 하는 부담을 안고 있는 소장님(오야지)은 항상 개인이 소화해내는 작업량을 계산하고 계획하며 그에 따라 일을 진행한다. 언제까지 얼마만큼 일이 진척될 것인지, 벽지를 어느 정도 준비해놓아야 하는지 큰 그림을 생각하고 있다. 작은 조직인 만큼 한 명의 휴가가 미치는 영향을 무시할 수 없고 그에 따라 계획을 변동해야 하는 오야지의 입장도 늘 생각해야 한다.

월요일부터 토요일까지, 오전 7시부터 오후 6시까지 일하는 것은 생각보다 꽤 많은 체력을 요한다. 게다가 일을 할 때는 계속해서 몸을 쓰며 점심시간 외에는 거의 쉬지 않기 때문에 일이 끝나면 녹초가 된다. 그렇게 일주일에 6일을 일하고 나면 일요일 하루를 쉴 수 있는데, 하루로는 거의 체력이

—— 도배사들은 출퇴근 때와 점심시간에 풀방에 모인다.

보충되지 않는다. 설날과 추석, 노동자의 날을 제외한 그 어떤 공휴일에도 쉬지 않는다. 건설사에서 공휴일에 일괄적으로 현장을 폐쇄하는 경우에는 불가피하게 쉬기도 하지만, 그렇지 않은 경우에 팀 내에서 자체적으로 쉬는 경우는 없다. 주 5일 직장을 다닐 때는 주 4일제를 혼자 주장하고 다녔는데, 막상 지금은 주 5일제가 부럽다. 쉴 수 있는 시간이 물리적으로 부족하기 때문에 그만큼 쉼에 대한 애착이 더 크다.

그렇게 몸이 피곤하다면, 연차의 수가 정해져 있는 것도 아니고 휴가를 내는 절차도 따로 없으니 좀 더 자주 쉬면 되지 않을까 생각하는 사람도 있을 것이다. 그러나 여기서 또 하나 중요한 점은 내가 일당쟁이라는 것이다. 휴가를 내는 것은 소장님에게도 눈치가 보이지만 내 월급에도 눈치가 보인다. 한 달에 일요일을 제외하고 일할 수 있는 날은 대부분 26일이다. 하루 쉬면 25일, 한 번 더 쉬면 24일. 거기에 내 일당을 곱해보는 것이 일상이다. 불가피하게 쉬어야 하는 이유가 있는 것이 아닐 때, 몸과 마음이 피곤해 쉼이 필요할 때에는 더더욱 고민이 된다. 하루 푹 쉬고 싶은 마음이 들다가도 하루만 꾹 참으면 일당을 벌 수 있다는 생각이 서로 싸운다. 일당이 아예 적을 때는 일당을 포기하고 쉬어버리는 날이 많았다. 물론 적은 돈은 아니지만 그에 비해 내 몸과 마음을 위한 휴식이 더 중요하다는 생각이었다. 그러나 조금씩 일당이 오르면서는 쉬는 것과 일하는 것 사이의 고민이 더 커진다. 하루, 이틀에 따라 월급이 몇십만 원씩 차이가 나기 때문이다.

그렇게 내적·외적 갈등을 모두 이기고 휴가를 한 번 내면 그 하루가 너무너무 소중하다. 휴가 전날 밤부터 어떻게 알차게 휴가를 보낼지 생각한다. 내일은 늦잠 자도 되니 오늘 밤엔 뭐하지, 내일은 함바가 아닌 점심을 먹을 수 있는데 어떤 맛있는 음식을 먹을까, 꽤 오래 얼굴을 못 본 친구라도 볼까, 오랜만에 영화라도 볼까. 어렵게 얻은 휴가이기에 그 시간들이 더 소중하고 기쁘다. 그러나 정작 휴가 당일에 늦잠 자고 일어나면 하루의 절반이 사라져 있다. 휴가를 내는 과정은 쉽지 않고 큰마음을 먹어야 하지만 휴일 자체는 허무하게 지나가 버린다. 소위 말하는 '워라밸'을 지키고 내 시간을 주체적으로 운용하여 일과 쉼을 분리하는 멋있는 사람이 되기를 언제나 마음속으로만 바라는 것은 도배사가 되어서도 역시 똑같다.

도배사도 아메리카노 좋아한답니다

하루는 도배팀이 다 같이 꽤 비싼 소갈비집에 회식을 하러 간 적이 있다. 일하던 곳과 가까운 식당이었고 갑작스럽게 결정된 회식이어서 팀원들 모두 옷을 갈아입지 못하고 갔는데, 식당 주인이 우리의 지저분한 옷차림을 보더니 자리가 없다고 거짓말을 했다. 그러나 안에 빈자리가 있는 것이 밖에서도 보여 우여곡절 끝에 자리에 앉았다. 그런 우리에게 주인은 다시 한 번 더러운 옷으로 방석에 앉지 말라고 이야기했다. 도배사들의 작업복은 얼룩덜룩 지저분해 보이기는 하지만 옷에 말라붙은 도배풀이나 실리콘은 다른 곳에 옮겨 묻지 않는다. 이미 기분이 상했으나 그래도 회식이었기에 소갈비를 잔뜩 주문하여 식사를 하던 도중, 중형차를 타고 우아하게 식당에 들어와 냉면 한 그릇 먹고 가는 손님은 처음부터 끝까지 극진히 대우해주는 모습을 보니 더더욱 식당 주인의 이중적인 태도에 실망할 수밖에 없었다.

　　더러운 작업복은 다른 사람들에게 피해를 줄까봐 항상 갈아입고 퇴근하지만 안전화까지 갈아 신기는 번거로워 그대로 신고 대중교통을 이용할 때가 있다. 버스정류장에 안전화를 신은 채 서 있으면 자주 느껴지는 시선이 있다. 바닥을 보다가 우연히 내 신발에 눈이 간다. 그러면서 자연스럽게 나를 죽 훑으며 얼굴을 본 후 다시 신발과 얼굴을 번갈아 확인하는 시선이다. 그냥 옆에 서 있으니 본 것뿐인데 위아래로 훑어보았다는 것은 착각 아니냐 생각할 수 있겠지만, 신발과 얼굴에 유독 시선이 오래 머무는 사람들을 본 것이 한두 번이 아니기에 익숙하다. 그 눈빛에는 항상 호기심이 어려 있다. '왜 아가씨가 저런 신발을 신고 있을까?' 궁금해하는 눈빛이다. 도배사이기 전에 '노가다'로 보이는 일을 하면서, 얼마나 많은 사람들이 '직업'으로 혹은 '겉으로 보이는 모습'으로만 누군가를 평가하고 판단하는지 느끼게 된다. 많은 사람들이 노가다, 즉 건설 현장에서 하는 일은 거칠고 험하기 때문에 아가씨와는 어울리지 않는다고 생각하나 보다.

　　내가 속한 도배팀은 팀을 이끄는 소장님과 소장님의 사

벽의 이물질을 긁어내는 ——
게링 작업 중 잠깐의 휴식

모님 그리고 아빠뻘 나이의 반장님과 동갑내기 친구로 이루어진 작은 팀이다. 이 외에도 종종 새로운 팀원이 들어왔다 나갔다 하지만, 내가 도배를 시작했을 때부터 현재까지 함께 하고 있는 인원은 변함이 없다. 이 다섯 명은 한 명 한 명 나이, 외모, 출신 지역, 학벌부터 시작하여 가치관과 성향이 모두 다 다르다. 조금만 이야기를 해보면 세대 차이도 확연하게 느껴지고 가끔씩 정치, 경제, 사회 분야에 대해 의견을 나누다 보면 성향이 달라 언쟁이 벌어지기도 한다. 심지어 동갑내기 친구와도 생각하는 게 많이 달라 이야기하다 서로 다툴 뻔한 적이 있을 정도이다. 사소하게는 식성까지도 모두 달라 회식 메뉴를 정할 때면 어려움을 겪는 경우도 종종 있다.

이처럼 같은 팀원 다섯 명끼리도 비슷한 사람 없이 제각각 다른 모습인데, 수많은 도배사들을 같은 직업이라는 이유만으로 하나의 특성으로 묶어서 생각하지 않았으면 좋겠다. 건설 현장 노동자들로 확대하여 생각해보아도 마찬가지다. 하루에도 수만 명의 다양한 사람들이 '건설 현장'이라는 장소에서 일하고 있을 뿐인데 '노가다는 이러이러해', '노가다는 다 그렇지 뭐'라고 생각하는 시선이 대다수다. 마치 사회복지사들은 모두 착하고, 심리상담가는 모두 누군가의 심리를 꿰

뚫어보고, 법조인들은 준법 정신이 투철할 거라고 생각하는 것과 같다. 직업이 같다 하여 모두가 같은 가치관, 성향, 성격, 목표 등을 공유하는 것은 전혀 아닌데도 말이다. 또한 건설 현장에서 일하는 사람들은 개인이 가진 성향뿐 아니라 공정이나 직급 등도 모두 다르다. 여러 현장을 총괄하는 소장이라는 직급도 있고 나처럼 하루하루 주어진 일만 하는 일당쟁이도 있다. 그런 직급에 따라서 업무의 내용도 다르다. 조직 체계는 비교적 단순하지만 그럼에도 직책에 따라 하는 업무는 전혀 다른 경우가 많다. 우리 팀의 소장님은 한 아파트 단지의 도배 작업을 책임지고 있지만 직접 도배를 하는 경우는 거의 없다. 누군가가 보기에는 모두 더러운 작업복을 입고 일을 하는 '노가다'로 보이겠지만 실제로는 전혀 다른 일을 하는 많은 사람들이 함께 모여 있는 것이다.

편견과 선입견에서 누구도 완전하게 자유로워질 수는 없다. 또한 한 사람의 삶을 온전히 이해하기도 어렵다. 그럼에도 불구하고 복합적인 특성으로 이루어진 한 사람을 단면만 보고 판단하는 것은 잘못된 일이다. 나는 월급을 모아 해외여행 가는 것을 좋아하고 쉬는 날에는 호캉스를 즐기기도 하며 반지 모으는 것에 관심이 많다. 좋아하는 음식은 피자이고 후

식으로 아메리카노와 조각케이크를 즐겨 먹곤 한다. 생각이 많을 때는 글을 쓰며 머리를 식히고 현장 곳곳의 사진을 찍어 SNS 계정에 올리는 것은 또 다른 취미이다. '노가다'라고 했을 때 흔히 떠오르는 모습은 아닐 것이다. 그러니 건설 현장에서 일을 하는 것은 나의 한 가지 모습일 뿐이지 내 전부가 아니다.

Part 4

×

창문 밖을
내다보며

직장인에서 건설 현장 노동자로, 사회복지사에서 도배사로 큰 변화가 있었고 이후 삶이 많이 바뀌었다. 도배 일이 재미있고 잘 맞아 내 선택에 후회는 없었지만 포기해야 하는 것들도 많았다.

도배를 시작한 후 가장 먼저 포기해야만 했던 것은 '시간'이다. 오전 7시부터 일을 시작하는데 이를 위해서는 늦어도 새벽 5시에 일어나야만 한다. 운 좋게 일하는 곳이 집과 가까울 때도 있지만 먼 곳일 때가 더 많다. 새벽 5시에 일어나려면 밤 10시에는 잠을 자야 하는데, 퇴근하고 집에 오면 거의 저녁 8시가 가까워온다. 나에게 주어진 휴식 시간은 단 두 시간. 그 시간 안에 씻고, 저녁 먹고, 다음 날을 준비해야만 한다. 거기다 주 6일제로 일하기 때문에 온전하게 쉴 수 있는 날은 오직 일요일 하루뿐이다. 개인적인 휴식 시간이 너무나 적은 것은 나를 비롯하여 일을 처음 시작하는 사람들이 가장 힘들어하고 적응하기 어려워하는 부분이기도 하다. 혼자 살고 있는 나는 이 짧은 시간에 집안일까지 해야 해서 쉴 수 있는 시간이 더욱 부족하다. 퇴근 후에 다른 일정이나 약속을 잡는다는 것 자체가 사치가 되어버렸다.

휴식 시간이 급격하게 줄어들면서 시간이란 게 그냥 주어지는 것이 아님을 알게 되었다. 사용할 수 있는 시간을 내가 만들어야 했다. 전보다 허비하는 시간을 줄여 더 많은 내 시간을 찾아 확보해야 했고 그렇게 하기 위한 새로운 습관들을 만들어갔다. 퇴근 후 주어지는 짧은 휴식 시간을 최대한으로 누리기 위하여 빠르게 모든 정리와 집안일을 끝내는 습관이라든지, 식물에게 물을 준다거나 작은 소품으로 집을 꾸미는 등 쉽게 행복해질 수 있는 방법을 찾아 하루 한 번 스스로에게 보상을 하는 등의 노력들을 하고 있다. 예전에는 중요하지 않은 일을 하거나, 불편한 상태로 누워 휴식을 취하는 등 시간을 아깝게 사용하던 때가 많았다. 하지만 지금은 밀도 있고 충만하게 시간을 보내는 방법들을 터득하고 있으며, 일 때문에 내 삶이 사라지지 않도록 스스로 많은 규칙들을 세워나가고 있다.

지금도 많은 일을 효율적으로 처리하며 내 시간을 만들어가는 방법들을 계속해서 찾아가는 중이다.

새로운 일을 시작하고 시간이 확연하게 줄면서 연쇄적으로 사람들과의 관계 또한 많이 포기해야 했다. 불필요한 관계가 자연스레 정리되었다고도 볼 수 있다. 물리적으로 사람을 만날 수 있는 시간이 없기도 하지만, 내가 회사를 그만두고 새로운 일을 하고 있다는 소식을 전했을 때 더 많은 관계가 정리되었다. 내가 하는 일을 편견 없이 받아들이고 궁금해하는 사람들, 도배를 하는지 페인트칠을 하는지 아예 관심이 없는 사람들, 그 일을 왜 하냐며 안타까워하는 사람들. 주변 사람들은 다양한 반응을 보였고 나는 이를 통해 정말 내 삶을 온전히 인정하고 응원해주는 사람들이 누구인지 명확하게 알 수 있었다.

꾸미는 것을 꽤나 좋아했던 나는 그 부분도 많이 포기해야만 했다. 지저분한 작업복 차림과 화장기 없는 얼굴로 일을 다니면서 필요 없어진 예쁜 옷들과 화장품을 정리했다. 그뿐 아니라 손을 많이 써서 손과 손톱이 망가지니까 종종 기분 전환으로 하던 네일아트도 포기하게 되었다. 매일 먼지가 가득한 현장에서 일하기 때문에 머릿결도 항상 뻑뻑하고 땀을 많이 흘릴 때에는 긴 머리가 거추장스러워 짧은 머리로 싹둑 잘라버리기까지 하였다. 무릎에는 항상 멍이 들어 있어 이제 짧은 치마를 입는 것도 쉽지 않다.

이런 과정 속에서 소비 패턴도 많이 바뀌었다. 많은 옷과 화장품을 정리하면서 스스로 치장하는 것보다도 그것을 위한 물건을 사며 소비하는 순간의 쾌락을 즐겼다는 것을 알게 되었다. 생각해보니 물건을 구매하던 순간에는 만족스러웠지만 그 물건이 주는 흥미는 금방 식어 결국 끊임없이 또 다른 소비를 반복해왔던 것이다. 하지만 이제는 정말로 내게 지속적인 행복을 주는 것이 무엇인지, 소비를 하더라도 장기적인 만족감을 얻기 위한 방법은 무엇인지 더 많이 생각하게 되었다.

포기해야 하는 것들이 많아지면서 오히려 내면을 더 많이 들여다보게 되었다. 시간, 관계 등을 포기하면서 정말 내가 원하는 것이 무엇인지 더 자주 물었다. 직장을 그만두지 않고 내 시간을 더 많이 확보했다면 좋았을까? 돈을 많이 버는 것이 내 삶에서 얼마나 중요한 것일까?

일당쟁이에서 벗어나 독립하게 되면 누군가의 지시를 받아서 일을 하는 것이 아니라 스스로 계획과 목표를 정할 수 있게 되며, 일하는 시간과 버는 금액 역시 어느 정도 내가 정할 수 있다. 밤낮 없이, 주말 없이 일하며 남들의 두 배씩 벌어가는 사람들도 종종 있다. 나는 과연 얼마를 벌기 위해 얼마만큼의 노력을 해야 행복할지 고민한다. 끝도 없이 일하고 끝도 없이 많이 벌면 나는 행복할까? 이런 생각들을 하며 내가 정말 삶에서 원하는 것이 무엇인지 그 어느 때보다 더 많이 생각하는 시간이 되고 있다.

나 홀로 일터에서 느끼는 고독

현장 도배사들은 보통 두 명이 한 팀이 되어 움직이는 경우가 많다. 여러모로 혼자 하기보다는 둘이 작업했을 때 효율적인 부분이 많고, 부부가 함께 일하는 경우도 많기 때문이다. 특히 천장 작업의 경우는 혼자 하기에는 어려운 부분이 많아 둘이 했을 때 그 효율이 확연히 올라간다. 하지만 벽을 붙일 때에는 둘이 함께 작업하기보다는 각자 한 방씩, 한 세대씩 들어가 개별적으로 작업을 하게 된다.

따라서 천장 작업과 밑 작업이 끝난 후 벽 도배가 시작되면 혼자 있는 시간이 급격히 늘어난다. 출퇴근할 때와 점심시간을 제외하고는 거의 혼자 있게 된다. 정말 벽지와 나, 둘만의 싸움이라고 할 수 있는 시간이다. 세대 내에서 들리는 소리라고는 내 작업 소리뿐이다. 벽지에 솔이 슥슥 왔다 갔다 하며 내는 소리, 칼로 벽지를 자르는 소리, 물에 손을 씻는 소리. 적막 속에서 나만이 소리를 내고 있다. 이렇게 혼자 시간을 보내며 일하는 것은 편하면서도 여전히 낯설다.

작업이 유독 잘 될 때에도, 그렇지 않을 때에도 오롯이 혼자 생각하고 혼자 느낀다. 또한 어떤 예상치 못한 상황이 오더라도 나 혼자 판단하고 결정 내려야 한다. 나의 작업 속도가 느려지거나 빨라지는 것도 스스로 느끼고 조절해야 한다. 어느 정도 내가 작업해야 하는 양을 알고는 있지만 정확한 할당량이 정해진 것은 아니고 작업 시간도 정확하게 '몇 시'까지라는 제한이 없기에 그 역시 내가 스스로 정한다. 사실 실력이 뒷받침된다면 짧은 시간에 확 몰아서 작업을 하고 그 후에는 쉬엄쉬엄 하는 것도 가능하다. 많은 것들을 혼자 판단하고 실행하는 시간을 보낸다.

하루 종일 누구와도 말하지 않고 아무도 없는 공간에서 조용히 벽지만 붙이는 그 시간은 참 고요하고 고독하다. 가끔은 다른 공정 작업자들이 수도 없이 들락날락하기도 하지만 어떤 날은 정말 아무도 오지 않을 때도 있다. 그럴 때면 몸은 열심히 작업을 하더라도 머릿속은 한없이 깊은 상상의 나래로 빠지기 쉽다. 오늘은 얼마만큼 하는 것이 적당할지, 다른 동료는 어느 정도 했을지, 이번 주에는 하루 정도 쉬고 싶은데 쉬어도 될지, 소장님한테 쉬는 이유는 뭐라고 할지 등 아주 현실적인 생각을 하기도 하지만 말도 안 되는 상상으로 번지기도 한다. 혼자 있는 방에 갑자기 좀비가 나타나면 어떻게 하지? 풀이 잔뜩 묻은 벽지로 좀비의 얼굴을 덮은 후 도망가야 하나? 지금 꼭대기 층 작업을 하고 있는데 계단으로 내려가야 하나? 이런 재미있는 상상을 하기도 하고, 내가 언제까지 도배를 하고 있을지, 그렇다면 5년 후, 10년 후 나의 모습은 어떨지 상상해보기도 한다. 그러나 이렇게 상상의 세계에 빠져버리면 자연스럽게 작업 속도도 느려지기 때문에 다시 정신을 차려 일에 집중한다. 마치 막히는 도로 위를 운전하는 것과 비슷한 느낌이다. 눈과 몸은 반사적으로 계속해서 움직이고 있지만 집중력이 떨어져 머릿속에 다른 생각들이 꼬리에 꼬리를 물게 된다. 하지만 그러면 안 되는 상황이기 때문에 계속해서 집중력을 불러오려는 마음과 싸우게 된다.

가끔은 도배를 시작하기 전 여러 사람들과 한 팀이 되어 함께 무언가를 작업하던 과거의 기억을 떠올리기도 한다. 나는 팀 내에서 통통 튀는 아이디어를 내는 역할은 아니었지만 다양한 사람들의 아이디어를 취합하고 정리하여 결정을 돕는 역할을 했었다. 누군가는 새로운 방향을 제시했고, 또 누군가는 냉정하게 현실적인 평가를 내렸고, 또 다른 누군가는 그것을 이미지로 풀어내기도 했는데 그런 과정 속에서 여러 사람들의 강점을 보며 새롭게 배울 수 있었다. 다른 사람들과 머리를 맞대고 아이디어를 공유하며 발전된 생각을 만들어 가는 일은 도배를 하면서는 경험하기 어렵다. 협업한다고 하더라도 같은 공간에서 각자가 맡은 부분을 작업해 나갈 뿐이다. 내가 가진 생각만으로 한계가 있을 때 다양한 사람들의 생각에서 도움을 받아 더 나은 방향으로 나아가는 쾌감과 재미를 누리지 못한다는 것에는 종종 아쉬움을 느끼기도 한다. 함께 일하는 사람들과 대화를 나누기는 하지만, 그것이 어떤 업무 관련 방향성에 대한 이야기이기보다는 의미 없이 흘러가는 잡담일 때가 더 많으니 말이다.

하지만 다른 누구의 방해를 받지 않아도 되고 나와 생각이 다른 사람을 힘들게 설득하며 일해야 하는 어려움이 적다는 장점도 있다. 토론과 협업을 통해 정말 좋은 방향으로 나아갈 때도 있지만 관리자 한 명의 취향에 맞추기 위해 노력해야 했던 수고로운 과정도 없는 것이다.

어떻게 보면 사람들과의 관계가 힘들어서 택한 직업이

방 하나의 도배가 드디어 다 끝났다. ——

지만 또 때로는 고독함 속에 사람이 그리워지기도 한다. 내가 오늘 잘 못하면 혼을 낼 상사도 없지만, 아무리 잘 해도 칭찬해줄 사람 역시 없는 일. 그저 일과 그에 따른 보상만이 있는 단순한 일이다. 혼자 막힌 도로 위를 운전하고 있지만 그 목적지가 확실하지 않아 외롭고 지치기도 한다. 하지만 이제는 그 고독함을 즐기는 방법을 하나 둘씩 찾아보려 한다.

'도배는 포기하지만 않는다면 언젠가는 기술자가 될 수 있다'는 이야기를 여러 반장님들로부터 수도 없이 들었다. 하지만 기술자가 되기까지 걸리는 시간은 모두 다 다르며, 기술자가 되었다 하더라도 그 실력에는 차이가 있다. 도배 역시 다른 직업과 마찬가지로 유독 타고난 사람은 분명 있다는 것이다. '손재주가 좋아야 한다'거나 '체력이나 힘이 좋아야 한다'와 같이 어떤 특정 영역이 뛰어나야 한다고 콕 집어 이야기하기는 어렵지만 그 기술에 재능이 있는 사람이 있는 것은 분명하다.

내가 속한 도배팀은 새로운 팀원이 들어오면 얼마나 오래 버틸지 예상을 해본다고 한다. 아마 수많은 사람들이 들어오고 또 금방 나가버리는 직업의 특성상 생겨난 일인 듯하다.

그런데 내가 처음 들어왔을 때는 아무도 그런 예측조차 하지 않았다고 한다. 시간이 많이 흐른 후 소장님한테 들은 바에 의하면, 팀원들은 내가 아예 도배를 못할 것이라고 생각했다고 한다.

왜소한 체구 때문이었는지 소극적인 성격 때문이었는지 어떤 다른 이유에서였는지는 모르지만 사람들의 기대치에 비해 나는 비교적 도배를 빨리 배운 편이다. 보통 처음으로 사수 없이 혼자서 방을 도배하게 되면 하루에 평균 4~5개의 방을 붙이는 것으로 시작하여 6~7개, 이후에는 최대 9~10개까지 늘려나가는 편이다. 처음 방에 들어가 도배를 했을 때 7개를 붙였으니 평균보다는 꽤나 잘하는 편이었다고 말할 수 있다. 그러나 '타고났다'고 할 만큼의 실력까지는 아니다. 당연히 나보다 더 잘 하는 사람은 많았고 아주 가까이에도 있었다. 나보다 고작 두 달 먼저 팀에 들어온 동갑내기 동료는 가장 가까이 있는 '타고난' 친구였다. 시작은 비슷했지만 배우는 속도에서 그 차이가 나타났다. 처음에는 똑같은 양을 하다가 점점 방 반 개, 그 다음에는 한 개, 나중에는 더 많이 차이가 벌어졌다. 같은 일당을 받으며 일하지만 나보다 더 많이, 더 잘 하는 동료를 보면 열등감을 느낄 때도 있었다. 그 차이를 좁히기 위해 쉬지 않고 성실하게 일해보기도 했지만 타고난 영역을 노력만으로 좁히는 것에는 한계가 있었으며 체력적으로 더 빨리 지칠 뿐이었다. 처음에는 실력은 좀 부족해도 내가 더 꾸준하니까, 성실하니까 하는 생각으로 스스로를 위로하기도 해보았지만 그 동료도 나만큼 성실하고 꾸준했기에 그것도 통하지 않았다.

바로 옆에서 직접적으로 비교도 되고 압박감도 느끼며 스트레스도 많이 받았다. 아마 실력 향상을 위해 소장님이 일부러 경쟁을 붙이며 비교했던 것 같기도 하다. 그러나 어느 순간 생각한 것은 모든 일이 다 그렇다는 것이다. 어떤 직업이건 혹은 직업이 아닌 다른 영역이라 하더라도 나보다 타고난 사람, 앞서가는 사람은 늘 있다. 돌이켜 생각해보면 나는 여러 영역에서 평균보다는 잘 하는 편이었지만(내가 잘 할 수 있는 분야에만 뛰어들었던 것 같기도 하다) 무언가 천성적으로 '타고났다', '재능이 있다'는 말을 들을 만큼 우월하게 잘했던 분야는 딱히 없었다. 성적순으로 모든 것이 매겨지던 학창시절부터 그래왔다. 나는 공부를 잘했고 어떻게 보면 머리도 좋았겠지만 나보다 더 적게 공부해도 더 좋은 성적을 내는 친구들은 항상 존재해왔다.

―――― 초보 도배사는 하단 작업부터 시작한다.

그러나 반대로 나를 보며 그런 생각을 하는 사람도 있겠다는 생각이 든다. 눈에 띄게 잘 하는 건 아니지만 눈에 띄게 못하는 것도 아닌, 평균을 유지하거나 그보다 조금 더 잘하는 것도 쉽지 않은 일이다. 성적과 대학 이름으로 평가 받던 학창시절에는 1등급, 2등급의 학생들, 좋은 대학에 다니는 사람 말고는 관심 밖이어서 미처 알지 못했다. 대부분의 학생들은 중간쯤에 위치해 있으며 그 중간을 유지하는 것 역시 노력의 산물이라는 것을. 뛰어넘을 수 없는 타고난 재능을 가져 뭐든 쉽게 얻는 사람들이 있는가 하면, 부단한 노력으로 유지해가는 사람도 있는 것이다. 그렇게 생각해보면 모든 것은 상대적임을 알 수 있다. 재능이 있어 조금의 노력으로 쉽게 앞서나가는 사람들, 혹은 재능에 노력까지 더하여 쫓아갈 수 없게 멀리 가버리는 사람들과 비교하면 나는 언제나 못하는 사람이 되어버린다. 그러나 또 다른 누군가와 비교하면 나는 쉽게 나아가고 있는지도 모른다.

과거의 나는 항상 타인과의 비교를 통해 내 위치를 확인하고는 했다. 학창시절에는 타인보다 더 위로 올라가기 위하여 끝도 없이 노력했고, 성적과 대학 이름이라는 평가에서 벗어난 후에는 평균치만 적당히 유지하려 했다. 올라가기 위해 노력하던 때이건 혹은 평균치에 머무르려 하던 때이건 비교 기준은 항상 '남'이었다. 선천적으로 주어진 것들이나 쏟아붓는 노력의 정도가 모두 다르다는 것은 염두에 두지도 않은 채 내가 비교하고 싶은 것만 보았다.

지금은 오히려 그 어느 때보다 성과나 평가 기준이 명확한 일을 하고 있지만 다른 동료와 비교하려 하지 않는다. 타인과의 비교는 결국 대상에 따라 상대적이기에 크게 의미가 없다는 것을 알게 되었기 때문이다. 누구와 비교하느냐에 따라 내 위치나 실력이 달라질 바에야 누구와도 비교하지 않고 나만의 기준과 목표를 세워 실천하며, 과거의 나와 비교하는 것이 가장 객관적인 지표이지 않을까 생각한다. 내가 세운 실현 가능한 목표에 조금씩 다가가고 있는가, 과거의 나보다 현재 더 노력하고 있는가, 과거의 나보다 발전하였는가. 타인이 아닌 나 자신과 비교하고 평가하면 지금 당장은 정체되어 있는 것 같아도 결국에는 이전의 나보다 발전해 있는 내 모습을 볼 수 있다. 주어진 것, 이미 정해진 것만 바라보며 손 놓고 있을 수는 없다. 내가 가진 것 안에서 성장하고 발전하지 않는다면 멈춰버리는 것은 결국 나 자신뿐이라는 것을 도배를 하며 알게 되었다.

점심식사를 마치고 믹스커피를 한 잔 마시는 것이 도배사들의 유일한 휴식이다. 그래서 도배사들이 벽지를 재단하거나 짐을 보관하는 곳인 '풀방'에는 꼭 커피포트와 믹스커피, 종이컵이 구비되어 있다. 믹스커피를 좋아하지 않는 나는 자리를 피해 잠깐 낮잠을 자거나 혼자서 휴식을 취할 때가 많다. 그러나 처음 현장에 왔을 때는 막내가 커피도 잘 타지 않는다며 사수에게 한 시간 넘는 잔소리를 듣기도 했다. 비슷한 시기에 들어온 남자 동료에게는 아무도 커피를 타라고 시키지 않는데 왜 나에게만 커피를 타라고 하느냐 반문하자 돌아온 답은 그 친구는 힘이 세서 팀에 기여하는 바가 많으니 굳이 커피를 타지 않아도 된다는 것이었다. 힘이 센 것과 커피를 타는 것 사이에 무슨 관계가 있는지 이해가 되지 않았지만 나는 거기서 입을 다물어버렸다.

　내가 경험한 '건설 현장'이라는 일터는 '남자는 힘을 쓰고 여자는 커피를 타야 한다'는 생각이 여전히 만연해 있는 곳이다. 성평등이 이루어지기 어려운 건 어느 사회에서나 마찬가지겠지만 건설 현장에서는 그 가능성이 더욱 적어 보인다. 아마도 가장 큰 이유는 남성의 신체가 유리한 작업 환경이기 때문일 것이다. 건설 현장에서 이루어지는 많은 공정은 기본적으로 힘과 체력을 필요로 하고 그것은 비교적 남성들이 더 많이 타고난 영역이기 때문이다.

　필요한 자재 등을 옮겨 나르는 것을 '곰방'이라 부르는데 이는 모든 작업의 기본 단계이다. 그나마 도배사가 곰방하는 벽지, 풀 등의 자재는 아주 무겁지 않지만, 미장 작업 같은 경우는 40kg짜리 시멘트 포대를 옮기는 것이 기본이 되어야 한다. 건설 현장에서 여성 미장공을 찾아보기 어려운 이유 중 하나이지 않을까 추측한다. 물론 힘이 센 여성들도 많다. 하지만 힘을 객관적으로 판단하기 어려우니 여성은 '힘이 약하다'고 단정 짓고 애초에 여성 작업자를 받으려 하지 않는 경우가 많다. 따라서 여성 노동자들은 그들이 정말로 '할 수 있는지'와는 상관없이 할 수 있다고 '여겨지는' 작업들만 하고 있는 것이 현실이다. 그렇기에 여성 노동자의 수는 남성에 비해 적고, 머릿수가 적으니 당연히 낼 수 있는 목소리의 크기가 작아질 수밖에 없다. 여성전용 화장실이 한 칸도 없는 건설 현장이 적지 않다는 사실이 한 예일 것이다.

여성 노동자가 있다 하더라도 '젊은' 여성은 특히 더 드물다. 도배사들 중에는 여성도 많고 젊은이도 점점 많아지고 있지만 '젊은 여성' 도배사는 여전히 많지 않다. 아무래도 도배라는 일 자체가 젊은 여성이 쉽게 떠올리거나 시도해보기 어려운 직업이기 때문일 것이다. 그래서 젊은 여성 도배사인 나는 어떤 현장에 가건 비교적 눈에 띄는 편이다. 거기다 체구도 작고 차림새는 건설 현장 노동자보다는 공부하러 가는 학생 같아 보이기 때문에 사람들이 신기하게 볼 때가 많다. 성평등이라는 개념에 좀 더 민감한 젊은 여성층이 소수인데다가 지금까지 내가 건설 현장에서 본 젊은 여성들은 대부분 외국인이었다. 다른 나라에 돈을 벌러 온 사람들이 그 나라의 문화나 사회적 분위기를 섬세하게 파악하고 그 흐름을 따르기는 쉽지 않을 것이다. 물론 중년 이상의 여성들 중에는 민감한 성인식을 가진 경우도 있겠지만 오히려 먼저 여성을 비하하는 성차별적 언행을 하는 경우도 적지 않게 보았다. 때문에 건설 현장에서 성평등 실현이 더욱 어려운 것 같다.

건설 현장에서 일하는 노동자들이 법과 제도 밖에서 일하고 있다는 점 또한 하나의 이유일 것이다. 근로계약서 한 장쓰지 않고 일하는 환경 속에서 불합리한 대우를 당해도 정당한 시스템을 통해 이의를 제기할 수 있는 방법이 없다. '직장내 괴롭힘 방지법' 같은 제도적 도움을 받기에는 근거를 마련하기 쉽지 않다. 또한 근거를 마련하여 법적으로 이의를 제기했다가는 일자리를 잃을 수 있다는 불안감이 늘 존재한다. 이렇게 보호받기 어려운 환경 속에서 성차별을 당했다고 불합리함을 이야기하기는 쉽지 않다.

이처럼 다양한 이유로 건설 현장 노동자들은 성평등이실현되기 어려운 환경에서 일하고 있다. 나 역시 성차별도 많이 당하며 일하고 있고 불합리한 경험을 하고도 쉽사리 이야기하지 못하고 억울하게 넘어가는 경우가 허다하지만, 내가일하는 일터이기에 아주 조금의 변화를 위해서라도 노력하는중이다. 원래 내가 속한 팀은 여성의 일과 남성의 일이 약간은분리되어 있었다. 일을 마치고 와서 뒷정리를 할 때에도 여성은 커피를 타거나 사용하고 남은 비닐을 차곡차곡 정리하는일을 했다면 남성은 무거운 쓰레기를 버리고 오거나 짐 옮기는 일을 하곤 했다. 그러나 이런 작은 차이도 싫었던 나는 커피를 타더라도 쓰레기를 버리고 짐 옮기는 일을 함께 한다. 이렇게 작은 행동이라도 하다 보니 적어도 우리 팀 내에서는 남자와 여자의 일을 크게 구분하지 않는 분위기가 생겨나고 있다. 예전에는 내게 '너는 커피나 타고 있어'라던 팀원이 이제는 '그래 여자라고 짐 못 옮기는 것도 아니지. 너도 같이 옮기고 와'라며 생각과 태도가 조금이나마 변화한 모습을 보이기도 한다. 물론 사용할 수 있는 절대적인 힘의 크기는 다르지만 여성이 할 일과 남성이 할 일이 다르다고 인지하지는 않는 것이다.

최근에는 여성이 지속 가능하고 안전하게 기술을 접하고 배울 수 있도록 도와주는 협동조합도 생겼다. 남성들에게 의존해야만 했던 다양한 기술들을 편하고 쉽게 배우고 향유할 수 있도록 돕는 것이다. 집을 고치고 무언가 큼직한 것들을 만드는 일은 항상 남성의 일, 여성이 하고 싶어도 남성에게 도움을 받아야만 하는 일로 인식하던 사회를 조금씩 바꾸어 나가기 위한 움직임으로 보인다.

기존의 세대, 기존의 노동자들은 이런 변화가 필요없다고 생각할 수도 있다. 아니 오히려 변화가 더 싫고 불편한 사람들도 있을 것이다. 전반적인 사회의 흐름보다 조금 느리게 변화해가는 현장이고 '로마에 오면 로마법을 따르라'는 말을 항상 강조하는 상사 밑에서 일하고 있지만, 그럼에도 나는 내 고집을 꺾지 않는다. 내가 현재 일하고 있는 곳이고 내가 앞으로도 일할 곳이라면 조금의 변화를 위해서라도 노력하는 것이 당연하다고 믿기 때문이다. 또한 그것은 비단 내가 일하기 편한 환경을 만들기 위해서만이 아니다. 내가 몸담고 있는 이 일이 사회적으로 가끔 좋지 않게 비춰지는 이유는 업무 자체의 험난함 때문만은 아닐 것이다. 일부 노동자들이 보이는 태도가 사회적으로 도태되거나 부정적으로 보이는 것도 하나의 이유일 것이다. 내가 하는 일이 사회에서 부정적으로 인식되지 않게 하기 위하여 작지만 꾸준히 노력하려 한다. 이런 작은 노력으로 적어도 내가 만나는 사람들의 인식은 바꾸어 나갈 수 있다고 믿는다. 성평등, 건설 현장에서 이루어질 가능성은 아직은 희미해 보이지만 그래도 아주 조금씩 그 노력을 이어 가보려 한다.

"도배는 지루한 일이기 때문에 자기만의 기쁨을 찾아가며 일하는 것이 중요해." 도배를 시작한 지 얼마 되지 않았을 때 한 반장님이 해준 이야기이다. 이 말을 들었던 당시에는 모든 일이 새롭고 정신없을 때여서 공감하기 어려웠다. 그러나 어느덧 여덟 번째 현장에서 일하고 있는 현재, 작업 환경과 패턴에 익숙해지면서는 그 말의 의미를 조금씩 알아가고 있다. 똑같이 생긴 수백 개의 집들이 줄지어 있는 아파트 건설 현장이기 때문에 천장 작업, 밑 작업, 정배까지 같은 작업을 수십, 수백 번씩 반복해야만 한다. 일이 몸에 익기 전에는 기술을 배우는 것에만 집중하기 때문에 지겹다는 생각보다 어떻게 하면 더 잘, 더 빨리 작업을 할 수 있을지만 생각하며 일을 한다. 하지만 점차 익숙해진 후에는 똑같은 작업들을 거듭하는 것

—— 나에게 주어진 시간을 허투루 쓰지 않기 위해 노력하는 것,
이것이 현재 내가 도배를 하며 느끼는 가장 큰 기쁨이다.

이 지겹게 느껴지며 소위 말하는 매너리즘에 빠지는 순간이 온다. 천장 작업부터 시작해 벽 작업까지 마무리하고 다음 현장으로 넘어가면, 다시 천장 작업부터 시작해야 된다는 것에 지겨움을 느낀다. 똑같이 반복되는 일을 한 주, 한 달, 일 년 그리고 수십 년까지도 계속 하게 된다. 아직 기술자가 아닌 나는 조금씩 성장하는 것, 새로운 기술이나 노하우를 터득하는 것, 그에 따라 품질과 수량이 늘어가는 것, 일당이 느는 것 등 발전하는 기쁨이 있다. 그러나 이런 성장이 최고점을 찍고 기술자에 이른 후에는 어떤 기쁨이 남게 될지 두려운 마음도 든다.

내가 현재 도배를 하며 가장 기쁨을 느끼는 부분은 내가 하는 일이 아주 '밀도 있다'는 것이다. 도배를 하며 보내는 시간이 아주 빽빽하고 알차다는 의미이다. 회사를 다닐 때에는 책상 앞에 앉아 의미 없다고 느껴지는 일을 하는 것에 회의감을 많이 느끼고는 했다. 내가 하는 행동들, 내가 작성하는 보고서, 내가 만드는 프로그램이 누군가에게 의미 있기를 바랐다. 하지만 프로그램을 하나 진행해도 그 프로그램 자체를 구상하고 만들어가는 시간보다 물품 하나를 사기 위해 여러 업체들을 돌아다니며 견적서를 받는 시간이 더 길었고 그렇게 의미 없이 보내는 시간들이 허무하고 아깝다는 생각을 떨쳐

낼 수 없었다. 그러나 도배를 하면서는 본질에서 벗어나는 일은 거의 하지 않는다고 할 수 있다. 모든 행동은 결국 도배를 완성시키기 위한 것일 뿐이니 말이다. 내가 하는 행동 하나 하나가 일의 효율과 작업의 완성을 위한 것이며 그렇지 않은 것들은 최대한 덜어내기 위해 항상 고민한다. 나에게 주어진 시간을 허투루 쓰지 않기 위해 노력하는 것, 이것이 현재 내가 도배를 하며 느끼는 가장 큰 기쁨이다.

도배를 통해 한 세대가 완성되어가는 모습을 보는 것 역시 큰 보람이다. 도배를 하기 전에는 아무리 어느 정도 집다운 모습을 갖추었다 하더라도 휑한 시멘트벽이 그대로 드러나 있기 때문에 여전히 공사 중인 집처럼 보이게 마련이다. 그러나 도배를 통해 벽이 채워지면 정말 사람이 살게 될 아늑한 집의 모습으로 변신한다. 도배 후에도 많은 공정들이 추가로 이루어지지만, 마치 도배가 전체 공정의 화룡점정이라는 생각이 든다. 가끔은 벽지의 색이나 무늬도 평가해보고 만족스럽게 작업된 세대에서는 직접 살고 싶다는 마음까지도 든다. 작업이 꼼꼼하게 잘 되었을 때에는, 이곳에 입주하게 될 사람들이 살아갈 모습을 상상하는 것도 기쁘다. 매너리즘에 빠지는 것을 스스로 방지하기 위해 작업하는 곳을 그저 벽과 종이로만 생각하는 것이 아니라 '누군가가 살게 될 집'이라는 점을 계속해서 되새기려 한다. 그렇게 하다보면 일이 더욱 즐거워진다.

아직 도배를 시작한 지 오래되지 않았기 때문에 아주 큰 시련까지는 겪어보지 못했지만 순간순간 마음이 흔들리는 시간들이 찾아온다. 모두가 자는 추운 겨울 새벽에 출근할 때, 일당이 너무나 늦게 오를 때, 다른 사람들보다 뒤처지고 있다는 생각이 들 때, 일을 하다 몸이 아플 때, 가족들이 내 직업을 걱정할 때 등 사소하고 작은 순간들이지만 굳게 먹었던 내 마음을 흔들어놓는다. 그중에서도 나를 가장 힘들게 하는 것은 상처가 되는 말을 들을 때이다. 최선을 다하던 나에게 '초보자라고 시간만 때우다 가려는 생각은 하지도 말라'는 말을 듣기도 했고, 수치스러운 농담을 듣기도 했다. '내가 이런 말까지 들어가며 일을 해야 하나'라는 고민을 하며 그만두고 싶다는 생각이 하루에도 여러 번 들었다. 하지만 다른 누군가의 말 한 마디로 내가 선택한 길을 포기하고 싶지는 않았기에 상처를 원동력 삼으려 노력했다. 나를 꺾으려는 '남의 말'이 아니라 나 자신에게만 집중하며 성장했다.

내가 한 선택이 잘못된 것처럼 느껴지는 순간에도 쉽게 지치기는 한다. 지물 일을 하면 도배를 통하여 더 쉽게 많은 돈을 벌 수 있는데 건설 현장에서 일하는 것은 돈도 벌지 못하고 몸만 상하는 방법이라며 부정적인 이야기를 하는 사람들도 있다. 도배의 첫 시작을 건설 현장에서 한 것은 잘못된 선택이었을까, 첫 단추를 잘못 끼운 것일까, 스스로의 선택을 의심하게 한다. 그 누구의 권유도 없이 순전히 내 선택으로 시작한 일이기에 그것에 대한 책임도 온전히 나에게 있다. 혹시 잘못된 선택으로 내 젊은 날의 시간을 낭비하고 있는 것은 아닌지, 또래들에게 뒤처지고 있는 것은 아닌지 문득 걱정이 들 때가 있다. 그러나 이미 뛰어든 일이고 한 번 뛰어든 이상은 갈 수 있는 한 끝까지 가보자고 마음먹었으니 이런 생각들은 최대한 빨리 떨쳐내려 노력한다.

다른 사람들의 기준이나 말 때문에 도배를 그만두고 모두가 좋다고 이야기하는 길로 갈 생각은 없다. 또한 모든 직업에는, 모든 삶에는 춥고 시린 시간이 있을 수밖에 없기에 내가 겪는 어려움들이 '도배'를 해서 생긴 것이라고는 생각하지 않으려 한다. 다른 일을 했으면 그 나름의 어려움이 있었을 것이고 나는 내가 견딜 수 있는 어려움의 범위 내에서 이 직업을 택했으니 분명 이겨낼 수 있으리라 믿으며.

한국학중앙연구원에서 발간한 한국민족문화대백과사전에 따르면, 도배는 과거 궁이나 사원에서 사용되던 권위를 상징하는 치장이었다고 한다. 종이가 만들어지기 전에는 비단으로 담벼락을 바르던 것이 도배의 시원이라고 한다. 이후 종이 공급이 원활해지면서 점차 도배가 일반화되고 다양화된 것이다.

역사에서 알 수 있듯 한국에서 도배는 귀족들의 고급 인테리어에서 시작하였고 이후에는 보편화되어 한국의 기본적인 실내 인테리어로 자리 잡고 있다. 보편화된 후부터는 다양한 수요에 의해 그 용도와 유행이 변화되어 온 것으로 추정할 수 있다. 방을 사용하는 주인에 따라서도 그 종이가 달라졌고, 도배를 통해 빛을 가리기도 밝히기도 하였으며 취향에 따라

장식하기도 했던 것 같다. 그리고 도배는 지금까지도 인테리어 요소로나 기술적으로나 많은 변화를 겪고 있다.

도배의 디자인이나 기술적 변화와 역사는 체계적으로 기록되어 있지 않기 때문에 그것들을 모두 알 수는 없지만 현장 도배의 기술적 변화는 선배 도배사들로부터 전해들은 것을 통하여 조금이나마 알게 되었다. 아파트의 바닥재가 장판에서 마루로 보편화되기 전까지 신축 아파트 건설 현장의 장판과 걸레받이 작업은 모두 도배사들의 몫이었다고 한다. 즉, 도배와 장판은 어떻게 보면 한 세트의 공정이었던 것이다. 그러나 마루로 변화되면서 도배와 마루, 그리고 걸레받이 모두 각각의 공정으로 분리되었다.

또한 같은 도배 작업 내에서도 작업 효율을 위하여 조금씩 세분화가 이루어지고 있다. 벽을 고르게 하는 '퍼티' 작업과 벽의 단차를 잡아주는 '네바리' 작업은 모두 크게는 도배라는 공정으로 분류되기는 하지만 도배사가 아닌 각 공정의 기술자들이 별도로 작업을 한다. 퍼티는 건설 유리를 끼운 곳이나 목재 구멍, 우묵진 곳, 빈틈 따위에 퍼티를 발라 메우는 일이고, 네바리는 어원이 명확하지 않은 일본식 표현으로 '이음매 연결 테이프'라는 한국식 표현도 있지만 잘 사용되지는 않는다. 도배사인 나는 퍼티나 네바리 작업은 해본 적이 없으며 하는 방법도 모른다.

　작업의 효율뿐 아니라 인테리어 디자인의 요소로서도 도배는 분명 변화를 겪고 있다. SNS에서도 인테리어 관련 컨텐츠들을 늘 눈여겨보는데, 비용 절감과 개성을 위한 셀프 인테리어가 점차 확대되고 있는 최근에는 비교적 작업이 쉬운 페인트를 사용하는 경우가 많다. 도배는 기술을 배우지 않은 초보자가 직접 하기에는 필요한 도구들도 많고 작업 자체도 꽤나 까다롭기 때문일 것이다. 벽의 크기를 측정해서 벽지를 재단하고 여러 장비를 이용해서 붙여야 하는데, 그렇게 붙인다고 하더라도 예쁘고 평평하게 붙이기가 쉽지 않다. 그에 비해 페인트는 주변에 묻지 않도록 보양만 철저하게 하고 작업한다면 초보자도 꽤 높은 품질의 결과물을 낼 수 있기에 셀프 인테리어를 하는 사람들은 페인트를 선호하지 않을까 생각한다.

　최근에는 아예 도배 없이 타일로만 벽을 마감하는 것이 더 고급 인테리어로 여겨지기도 한다. 타일이라는 자재가 주는 분위기도 한몫할 것이며 지속력 면에서 보았을 때에도 도배는 종이가 주 재료이니 외부 손상에 더 취약하기 때문일 것이다. 도배가 집짓기의 완성단계인 만큼 도배를 한 부분이 손상되면 집의 완성도도 떨어지니 벽지보다 타일처럼 지속력이 강한 재료들이 인기가 많아지는 것이라고 짐작해본다. 최근 짓는 아파트만 하더라도 거실 한 면은 대부분 타일로 작업이 이루어지고 있다. 개인이 직접 인테리어를 하는 경우 아예 도배도 페인트도 타일도 없이 노출형으로 시멘트벽을 드러내는 경우도 적지 않게 보인다.

　　이처럼 오래전 도배가 시작되었을 때부터 지금까지 트렌드에 따라 혹은 작업의 효율에 따라 변화를 겪고 있다. 도배에 뛰어든 나는 항상 도배의 전망을 생각하지 않을 수 없다. 도배라는 것이 한국 가정집에서 아직은 굳건하게 자리 잡고 있는 인테리어 요소이기는 하지만 그럼에도 조금씩 변화가 이루어지고 있는 것을 느낀다. 사람들의 수요가 줄어드는 것 같다고 느낄 때나, 누구나 쉽게 셀프로 작업할 수 있는 도배지들이 나올 때에는 도배사로서 불안감이 생기기도 한다. 아직까지는 도배사가 아닌 일반인이 직접 도배를 하는 것이 쉽지 않다고 하더라도 셀프 인테리어가 확대될수록 더 쉽게 작업할 수 있는 방법들이 개발되어 기술자의 입지가 줄어들 수 있다는 생각도 들기 때문이다. 물론 신축아파트 건설 과정에는 아직도 도배가 필수 공정으로 들어가고 있으며, 도배지 디

얼마 전 가족이 이사할 집을 직접 도배하는 즐거움을 누렸다. ———

자인을 선택함에 있어 트렌드에 아주 민감하게 반응하지는 않는다. 사람들의 개성을 반영하기보다는 일괄적이고 무난한 도배지로 작업하기 때문이다.

하지만 여러 상황 속에서 집을 포함하여 '공간'이 가지는 의미가 점점 커지고 있고 그 공간은 이전보다 점점 확대된 기능을 한다. 일하는 곳, 온전한 휴식을 취하는 곳 등 공간 자체가 다양한 의미를 가지게 되면서, 나만의 공간에 대한 애착이 커지고 인테리어에 대한 관심도 보편화되고 있는 것이라 추측한다. 벽체 인테리어의 선택지 중 하나로서 도배는 트렌드에 뒤처지지 않게 경쟁력을 키워갈 필요가 있다.

다양한 사람들의 개성을 반영할 수 있는 방법도 고안해야 할 것이며, 도배사의 입지가 약간은 줄어들지 몰라도 기술자가 아닌 사람들도 쉽게 작업할 수 있도록 하여 도배 자체가 경쟁력을 잃지 않게 할 필요도 있다. 오직 도배사들만이 작업할 수 있는 공정이 되어버리면 셀프 인테리어가 유행하고 있는 지금 사람들의 관심을 아예 잃을 수도 있으니 말이다. 또한 손상에 강하거나 다양한 취향을 반영할 수 있는 벽지들도 더 많이 만들어질 필요가 있으며, 그러한 벽지를 도배사가 아니더라도 누구나 쉽게 구하는 방안도 필요하지 않을까 생각한다. 도배는 이사를 갈 때에만 하는, 평소에는 쉽게 바꾸기 어려운 인테리어 요소로 여겨지곤 하는데 쉽게 도배지를 교체할 수 있는 방법을 고안하여 기분에 따라 도배로 변화를 줄 수 있도록 한다면 더 많은 사람들이 도배에 관심을 가질 수도 있을 것 같다. 현재의 굳건한 입지에만 의존하여 변화나 발전이 없으면 결국 도태되고 말 것이다.

도배를 시작한 이후 관계 속에서 느낀 점이 하나 있다면 가장 큰 지지는 누군가의 삶을 있는 그대로 봐주는 것이라는 사실이다. 조금씩 나이를 먹으면서 타인의 삶을 바라볼 때 내가 가진 경험이 밑바탕이 되어버려 편견 없이 있는 그대로 보는 것이 쉽지 않다. '더 나은 일을 할 수 있을 텐데, 네가 가진 능력이 아깝다, 아쉽다', '네가 그런 일을 왜 하니?'와 같은 말들은 마치 겉으로는 나를 생각해주는 것처럼 보여도 사실은 내가 가진 스펙, 능력과 내 직업에 대한 일종의 '평가'가 반영되어 있다. 그런 말들 사이에서 아무런 평가 없이 '그렇구나, 너의 선택을 응원해'라고 하며 꾸준하게 관심을 가져주는 것이 온전한 지지와 응원이라는 것을 절실하게 느낀다. 어쩌면 나는 그렇게 나에게 힘을 주는 사람들이 있었기에 도배를 시작할 수 있었는지도 모른다.

　보통은 좋은 대학을 나와 안정적인 직장을 다니던 딸이 갑자기 도배를 하겠다고 하면 허락조차 해주지 않을 부모가 꽤 있을 것이다. 설령 반대를 무릅쓰고 어찌어찌 시작했다 하더라도 그것을 주변에 이야기하는 것을 꺼리는 가족이 있을 수 있다. 그러나 나의 가족은 걱정은 많아도 반대하지 않았고 그것을 이야기하는 것을 부끄러워하지 않았다. (나에게 내색을 안 했을 뿐인가 싶기도 하다.) 그들이 반대하지 않은 까닭은 내가 반대한다고 의지가 꺾일 아이가 아니라는 것을 알았기 때문이 아닐까. 그렇다 하더라도 주변에 숨기지 않고 이야기한다는 것은 또 다른 문제였을 텐데 말이다. 주변에 상위권 학교를 나와 좋은 직업을 가진 자녀들이 많은 부모님에게는 더더욱 말이다. 그런 사람들에게 꺼내놓기에는 어려울 수도 있는 내 직업을 거리낌 없이 이야기하는 가족들이 나에게 있었다. 내가 어떤 직업을 가졌는지가 아니라 어떤 마음으로 일을 하는지 들여다 봐주는 가족들을 생각하며 힘든 순간을 더 열심히 참아내기도 했다. 2년이 되어가는 지금 '따님 아직도 도배하세요?'라고 묻는 지인들이 많다고 하는데, 그들에게 '정말 재밌게 하더라고요'라는 답을 들려주는 부모님에게 늘 감사

하다.

그렇게 가족들이 주변에 당당하게 이야기하다보니 그 이야기를 들은 주변 사람들도 열린 마음으로 이 직업을 바라봐주기 시작했다. '아깝다'거나 '이해할 수 없다'는 시선에서 신기하고 대견하게 보는 시선으로 옮겨갔다. 도배라는 일이 안정적인 직장을 그만두고 도전할 만큼의 일이라는 것 자체가 호기심의 대상이었던 것 같다. 더 나아가서는 그 선택을 '멋있다'고 해주는 사람들도 있었다. 많은 직장인들이 몸을 사용하는 기술직이나 자신의 가게를 차리는 자영업처럼 직장생활이 아닌 일을 한번쯤은 해보고 싶다는 마음을 품고 있는데 그것을 주변에서 실제로 도전했기 때문일 것이다. 이야기만 전해 듣다 나를 직접 만난 사람 중에서는 '너무 멋있어요, 팬이에요'라고 말해주는 사람도 있었다. 물론 스쳐가는 한 마디일지라도 그런 작은 말들이 쌓여 나에게 큰 힘이 되었다. 타인의 결정에 대해 쉽게 평가 내리지 않는 사람들과 응원해주는 작은 한마디 한마디가 누군가의 삶에는 지지가 될 수 있다.

의사, 외국계 금융회사의 직원, 변호사 등 공부도 노력도 열심히 해서 사회적으로 인정받는 멋있는 직업을 가진 친한 친구들이 있다. 그들은 내가 도배를 한다고 했을 때 생소한 직업에 대해 신기해했고, '직장은 비전이 없으니 그만두고 기술직을 해야겠다'는 내 이야기에 고개를 끄덕였으며, 도배를 하며 조금씩 성장해가는 내 모습을 꾸준히 응원해주고 있다. 그 안에는 어떠한 평가라든가 안타까워하는 마음이 없다. 그런 친구들에게서도 역시 무한한 지지를 느낀다. 그들은 오히려 내 선택을 통해 자신들의 삶을 되돌아보기도 하였다. 부모님이 정해주었기에 수동적으로 살고 있는 것은 아닌지, 이 일이 정말 자신이 평생 몸담을 가치가 있는 일인지, 미래에 비전이 있을지 자신들의 선택을 고민했다. 어찌 보면 충동적이고 무모할 수 있는 내 선택을 바탕으로 자신의 삶을 진지하게 고민하는 친구들에게도 고마운 마음이 들었다. 내 선택이 다른 누군가에게 아주 조금이나마 자극이나 동기부여가 될 수 있다는 것도 느끼게 해주었다.

직접 만나보진 않았지만 온라인을 통해 지지해주는 사람들도 있다. 도배를 시작한 후 일상 기록용으로 SNS 계정을 만들어 시작했는데 누군지 잘 알지 못하는 내게 게시글만 보고 응원의 메시지를 보내주는 사람들이 참 많았다. 비슷한 일을 하고 있어서 응원해주는 사람들, 어려운 길을 걸어가는 것을 지지해주는 사람들, 혹은 비슷한 길을 가고 싶어 상담을 요청하는 사람들까지도 모두 내게 힘이 되었다. 그저 내가 속한 곳에서 열심히 살아가는 모습을 올렸을 뿐인데 시간을 내어 연락을 주고 관심을 가져주는 시선들을 통해 위로를 받았다. 서로 만나본 적은 없는 사람들이지만, 비슷한 일터에서 비슷한 일을 하는 것만으로도 동질감을 느끼고 서로를 응원해줄 수 있다는 사실이 신기하기도 했다.

　　같은 일을 하더라도 주변의 반대를 무릅쓰고 외롭게 시작하는 것과 지지를 받으며 일하는 건 아주 다르다는 것을 알게 되었다. 내 삶이고 내 선택이지만 주변의 응원과 지지가 큰 힘이 되었다. 나는 어떤 일을 하더라도 지지를 받을 수 있다는 견고한 믿음을 가지고 도배를 시작했고, 그 지지에 대한 믿음은 내가 도배를 하는 것에 있어 아주 큰 자원이 되었다. 이러한 자원이 없었더라면 나는 절대로 도배를 시작하거나 지속하지 못했을 것이다.

다시 벽 앞에 서다

최근 이사를 하며 가족들과 함께 살게 될 집을 직접 도배하였다. 이전에 다녔던 도배 학원 선생님의 조언을 듣고 소장님에게 벽지와 부자재 등의 지원을 받아 처음으로 혼자서 '내 집'을 도배한 것이다. 내가 도배한 집에서 식구들과 먹고 자고 생활한다는 것이 너무 신기했고 '내가 정말 도배를 하긴 하는구나' 라는 생각이 들었다.

2년 전 처음 도배를 시작하던 날 작은 실수라도 할까 두려워 손을 덜덜 떨어가며 작업하던 내 모습을 잊지 못한다. 아주 작은 실수에도 심장이 쿵 내려앉고는 했다. 그런 내가 식구들이 모두 보는 앞에서 함께 살게 될 집을 도배하다니 '감개무량하다'는 말은 이럴 때 쓰는 것이 아닐까 싶다. 눈에 띄지도 않게 아주 조금씩 성장하고 발전하다보니 어느새 멀리 왔다는 것을 새삼 느낀다.

2년이 채 되지 않는 짧은 시간 동안 많은 것을 경험했다. 펜스 너머로만 보았던 '건설 현장'에 들어가 난생처음 보는 환경에서 일을 했다. 지어져가는 아파트 안에서 시멘트벽을 벽지로 채워가며 몸을 써서 성과를 만들어내는 일의 즐거움을 알게 되었다. 많은 사람들을 만났고 다양한 이야기를 들었다. 새롭고 낯선 직업에 도전한 내게 무한한 지지를 보내는 주변의 사람들이 있었는가 하면, 내 직업에 대한 부정적인 편견을 숨기지 않고 내비치는 사람도 있었다. 비슷한 일을 한다는 이유로 SNS를 통한 관심과 응원을 받기도 했으나 지저분한 옷을 입고 일한다는 이유만으로 무시와 차별을 받기도 했다. 그만두고 싶을 만큼 힘든 순간도 있었지만 다음 날 아침이 되면 꾹 참고 다시 벽 앞에 서며 버텼다.

일하는 환경, 함께 일하는 사람들, 생활 패턴 등 많은 것들이 달라졌지만 나는 여전히 2년 전 도배를 시작하던 때와 비슷하다. 몸을 사용하여 일하고 있지만 늘 생각이 많고 머릿속은 복잡하다. 도배라는 일이 재미있고 기술자가 되기 위하여 노력하고 있지만 또 새롭게 시도해볼 만한 재미있는 일은 없을지 늘 고민한다.

아직 기술자도 아니며 소장님 밑에서 독립하지 못한 일 당쟁이 도배사이다. 도배를 통해 이루고 싶은 장기적이고 궁 극적인 목표가 있는 것도 아니다. 그저 도배가 재미있고 일당 과 실력이 늘어가는 것, 내가 도배하는 것을 우려하던 사람들 에게 조금씩 인정받는 것이 즐겁다. 거창하지 않더라도, 조금 은 평범하더라도 지금 내가 하고 싶은 일을 할 뿐이다.

그런 마음으로 나는 오늘도 벽 앞에 선다.